TRANSFIGURACIÓN DE VIRGEN A PERRA Y OTROS RELATOS

LUIS ANTONIO RODRIGUEZ VÁZQUEZ

EDICIONES ARYBET
PONCE, PUERTO RICO
2010

DEDICATORIA

A mi padre quien me entretuvo en la niñez y juventud narrándome historias de su vida en el barrio Magas de Guayanilla.

Primera edición 2010
ISBN # 978-0-557-21427-3
Publicado y distribuido
Mundialmente por la Casa
Editora LULU.com.

Luis Antonio Rodríguez Vázquez
P.O.Box 334434
Ponce, Puerto Rico
00733-4434

luisantoniorodvaz@hotmail.com

TABLA DE CONTENIDO

Página

PREFACIO

Desde la niñez, el autor soñaba convertirse en escritor y publicar libros. Le gustaba escribir cuentos y aparentemente no lo hacía tan mal pues muchas veces sus maestras escogieron sus narraciones para leerlas a los estudiantes como ejemplo de un trabajo realizado.

El autor desconoce las razones por las cuales se interesó en escribir pero sospecha de que su interés por escribir surgió como respuesta a las narraciones que le hacía su padre de cómo transcurrió su niñez y juventud en el barrio Magas de Guayanilla. Contrario a la actualidad donde los niños y jóvenes prefieren la televisión o dedicarse a otros menesteres, el autor y sus hermanas y hermano, se sentaban junto a su padre para que este le contara historias del pasado.

En lugar de contar historias verbalmente, el autor se interesó en escribirlas para preservarlas para la posteridad. En una vieja maquinilla manual de su padre redactaba cuentos los cuales dejaba olvidados en gavetas. Le gustaba leer mucho y se convirtió en un ratón de biblioteca en las escuelas donde estudió y más adelante en las universidades. Este afán por los libros lo convirtió en bibliófilo lo cual ha resultado en crear una biblioteca personal de más de 2,000 ejemplares y establecer una tienda llamada Arqueonumis en la compañía de subastas EBAY donde se decía a la venta por subasta de libros y otros artículos de colección.

Cuando cursaba el noveno grado en la escuela Eduardo Neumann Gandia, participó en los Juegos

Florales que auspiciaba el Departamento de Educación en Ponce. Obtuvo el segundo premio en la categoría cuento por su narración de tema campestre *Experanza y felicidad.* Aún conserva la medalla obtenida hace más de cuarenta años y el artículo y fotos donde aparece en el periódico la directora Ruth Fortuño entregándole la presea.

Para la década de 1970 envió un artículo al periódico El Mundo sobre unas obras de arte que fueron robadas de una institución cultural. Se olvidó del asunto y semanas más tarde recibió la sorpresa que su artículo fue publicado junto al de destacadas personalidades del ambiente literario.

Motivado por la publicación del artículo escribió otros dos sobre numismática los cuales también se publicaron. Más adelante logró que le asignaran escribir la columna semanal sobre numismática la cual se conocía como *Dinero y Numismática.* Esta la escribió semanalmente por espacio de siete años hasta que el periódico la eliminó.

`El autor siguió escribiendo sobre otros temas logrando que el periódico regional La Perla del Sur también publicara sus artículos. Continuó enviando a otros periódicos tanto nacionales como locales logrando publicar un total de 542 artículos en diez periódicos distintos.

Colaboró con las revistas dominicales del periódico El Nuevo Día, logrando publicar más de 15 artículos extensos sobre numismática y uno sobre la legendaria Isabel la Negra.

Participó en cuatro ocasiones en el Certamen literario de Navidad del Instituto Puerto Rico Junior Collegue y resulto premiado en dos ocasiones con menciones honoríficas por sus cuentos: *Memorias de un diluvio ya olvidado* y *transfiguración de virgen a perra.*

Además de sus artículos en la prensa, el autor ha publicado más de once folletos numismáticos, un catálogo de monedas, otro de billetes, un libro de relatos ponceños y una novela.

Actualmente, trabaja simultáneamente en tres libros los cuales espera publicar próximamente. Mientras trabaja en estos, han surgido otras ideas para el futuro.

Los cuentos y relatos incluidos en este libro, abarcan un periodo de más de treinta años. Algunos de los relatos fueron escritos por el autor en su adolescencia y otros en su madurez.

El autor no se considera un especialista en la escritura de cuentos y relatos, solamente trata de compartir con el lector vivencias que retratan la sociedad en que vivimos.

Para preservar estos relatos, hemos decidido publicarlos bajo el título de *Transfiguración de virgen a perra y otros relatos.*

Aunque algunos de ellos son de carácter erótico y se utilizan palabras soeces, hemos decidido incluirlos para que el lector tenga una visión completa de los relatos escritos por el autor.

A través de sus relatos, el autor retrata la sociedad en que vive con sus virtudes, defectos, vicios e idiosincrasia. Algunos de los relatos están narrados en primera persona por los personajes principales. Varios de estos tratan sobre los temas de la drogadicción, prostitución y los reambulantes. En ellos se denota la influencia del tema de la prevención ya que el autor además de historiador es maestro de Salud Escolar. Como una forma de prevenir e informar al público, especialmente los jóvenes, escribió estos relatos, inspirándose en algunos de ellos en situaciones reales. Uno de ellos, *Mi nombre es Angustia y mi apellido Infelicidad,* causó un gran impacto en los lectores, recibiendo los periódicos donde se publicó llamadas de personas que se condolían de la protagonista; le ofrecían ayuda y varias personas expresaron su pena llorando. El autor recibió una carta del director del periódico felicitándolo por el artículo y agradeciendo su preciada colaboración.

Otros cuentos como *Memorias del diluvio ya olvidado*, se basan en hechos históricos como el azote del huracán San Ciriaco a la Isla en el 1898 y la invasión norteamericana.

El cuento *Viernes social,* muestra la problemática de la vida en los residenciales y el problema del alcohol.

La frustración de Luisito narra la experiencia sufrida por el autor gracias a la falta de sensibilidad y tacto de una maestra de música.

Con la excepción de seis de los relatos que son inéditos, los demás se publicaron en periódicos regionales o nacionales de Puerto Rico entre los años 1970 al 2006.

Aunque el autor publicó en la prensa un total de 542 artículos, la mayoría de ellos son ensayos sobre diversos temas en lugar de cuentos o relatos.

El autor espera publicar en el futuro otro libro de cuentos y relatos más extenso. Con el fin de ofrecer a los lectores una muestra de sus cuentos se publica este libro, el cual esperamos sea del agrado de los lectores.

La portada del libro fue pintada por el autor hace algunos años. Esta pintura fue vendida a una señora a través de subasta por la compañía Ebay. El autor la seleccionó como motivo para la portada debido a que tiene relación con el cuento *Transfiguración de virgen a perra* con que se titula el libro.

Varios maestros y maestras al igual que el autor, han utilizado en sus clases de salud y otras materias, algunos de los cuentos que tratan temas relacionados con la prevención del uso de drogas, alcohol, tabaco y sobre la violencia. El autor autoriza a todos aquellos maestros, orientadores u otras personas que trabajan con la educación y orientación de jóvenes, a que reproduzcan y utilicen los relatos que crean apropiados en sus clases. También autorizamos su reproducción en publicaciones como boletines, periódicos o revistas o antologías. El requisito solicitado es que los relatos reproducidos mencionen el título del libro *Transfiguración de virgen a perra y otros cuentos y relatos de Puerto Rico y* el nombre del autor: Luis Antonio Rodríguez Vázquez.

VIERNES SOCIAL

Fue a vaciar el pequeño zafacón amarillo en el zafacón que estaba menos lleno en uno de los vertederos de basura del caserío público. La basura al caer espantó una nube de moscas que le azotaron el rostro. Lentamente abandonó el lugar, caminando por una acerita de concreto cargando en la mano derecha el zafaconcito. Antes de internarse en el oscuro zaguán, miró hacia la cercana urbanización y vio como al otro lado de la calle un señor de vientre protuberante cavaba un hoyo para sembrar un arbolito bajo el caluroso sol de la tarde.

Con este sol seguro que se le pasma- dijo mientras se secaba el rostro con un pañuelo arrugado.

La visión del viejo sembrando, le recordó cuando él plantaba sus matitas allá en aquel terreno negrecito de caña donde era magnífico para la agricultura y que luego lo dañaron con el relleno de tierra amarilla que le echaron para luego construir una urbanización.

-Pobre del viejo. Estará buen rato escarbando ahí. Por encima es un mamey, pero deja que llegue al relleno que se va a joder.-

Subió las escaleras poco a poco, aspirando un vaho a orines y a excremento. Tuvo que detenerse súbitamente para variar el camino, luego de que por poco pisa el regalo del perro de la vecina del apartamento contiguo al suyo. Con los nudillos dio unos toques a la puerta avisando que había llegado. Su mujer le abrió la puerta, dirigiéndose esta nuevamente a la cocina para terminar de preparar la comida. Se le quedó mirando a la mujer que aún tenía algunas partes buenas mientras esta cortaba unos pedazos de salchichón con un cuchillo sin mango para luego echárselos a las habichuelas que hervían en una cacerola grande.

Cruzó la cocina y en el balcón de atrás, colocó el zafaconcito al lado de la lata de galletas que se usaba para echar el fregado y se inclinó a escupir hacia la tierra apoyado en los tubos del balconcito cuando notó que la comida estaba llena de un hervidero de gusanos albinos.

-Oye Claudia. ¿Cuanto hace que don Miguel no se lleva la comía e cerdo?

-Desde el miércoles. Parece que está enfermo-dijo mientras movía con el cucharón la olla de arroz blanco y tocino.

-Si mañana no viene, hay que echarla a la basura. Mira como esta llena de gusanos.

Carraspeó y volvió a escupir. Luego se limpió la boca con la camisa. Siguió su camino hacia la sala y al pasar por el lado de la mujer le pellizcó una nalga. Fue y se sentó frente al televisor. Estuvo un rato mirando la pantalla hasta que el cansancio de las pasadas cinco noches de trabajo en la fábrica se le agolparon en los ojos rojizos y ardientes cerrándolos, sumiéndose en un profundo sopor.

Cuando Lugo vino a vivir al caserío (hacía ya tres años), tenía dos de los nenes. El chiquitín, que caminaba pegado a las paredes y que cada vez se achichonaba la cabeza estaba enfermo. Por la mañana Claudia lo había llevado a Tricoche para que le recetaran el agua de piringa sin que casi se lo examinaran. Menos mal que los otros estaban saludables ahora pues desde que se mudaron (hicieron que se mudaran), se enfermaban a menudo de asma y de alergias por el mucho polvo proveniente de la cercana fábrica de cemento, la cual se aseguraba no contaminaba el ambiente pues le habían instalado los más modernos filtros.

Cuando Lugo se despertó ya eran las seis de la tarde y su mujer le estaba sirviendo la comida. Fue hasta el baño y orinó. Abrió la pluma del agua y se echó un poco del líquido por la cara e hizo buches lanzando el agua en el inodoro produciéndose un sonido cristalino quedando unos círculos concéntricos. Fue hasta la sala y se arrellanó nuevamente en la silla llamando a Claudia para que le trajera la comida servida toda en el mismo plato. Comenzó a comer aunque con pocas ganas. La pérdida de noches le afectaba el estómago creándole acidez. Fue juntando con el tenedor las habichuelas blancas con el arroz, desmenuzando la tortilla para comerse la mezcla poco a poco.

-Claudia, dame agua- dijo con la boca llena.

-Ya voy – fue su contestación mientras fregaba los platos que ella y los pequeños habían utilizado.

En un vaso plástico, le echó agua fría y se la envió con Toñito el hijo mayor. Este se la entregó y le preguntó si podía ir a jugar abajo (ellos vivían en el tercer piso). Le dijo que no, que al otro día los llevaría al parque para que jugaran él y su hermanita ya que el chiquitín se quedaría con la mamá porque estaba enfermo. Toñito se fue hasta el cuarto a entretenerse con las bolitas de colores que guardaba en una media. La nena jugaba con una muñeca vieja y el enfermo en la cama.

-Con esos hijos de la gran puta no se pueden dejar a los muchachos.- dijo mientras miraba la televisión. Después los golpean. Los otros días le rajaron la cabeza al nene de Felo.

La mujer le quitó el vaso vacío y le trajo otro de leche el cual se tomó de un largo trago. Eructó violentamente y se secó la boca con el dorso de la mano. El noticiero de las seis no le interesó mucho pues estaba hablando con la mujer de la conveniencia de irse para niuyores. El padrino del nene chiquito, que hacía un año que estaba por allá le había escrito diciéndole que fuera el primero y después mandara a buscar la familia. Le buscaría un trabajito. El estaba lo más bien con su mujer y los hijos. Además con *welfare* y cupones se podían bandear en lo que se ponía buena la cosa.

-Lo malo es que tu no sabes inglés.- le dijo la mujer casi convencida.

- Pues se aprende. Uno no nace aprendio- respondió.

De momento se calló y miró fijamente la pantalla. Estaban pasando en ese momento unas escenas donde a unas familias les estaban destruyendo las casitas donde habían residido por mucho tiempo y que lo jueces decidieron los desalojaran para que un millonario pudiera seguir enriqueciéndose.

- Cabrones, carajo. No tienen en donde vivir. Para hacerles lo mismo que a nosotros, sacarnos del sitio que conocimos desde pequeños para mandarnos a esta tumba donde no se puede vivir. Rompiendo y que arrabales para mandar a uno a otro sitio peor. Al menos allá se podía sembrar, los nenes jugaban en el patio con sus amiguitos, se respiraba aire puro y todo sin pagar renta. Aquí uno jodío en este tercer piso sin poder hacer na, masque ver los días pasar en lo mismo.

_ Y sin que nadie le jorobe la paciencia, sin tecatos en los pasillos y putas de vecinas.- le dijo Claudia mientras seguían la escena de las máquinas derribando las casas con los enseres y muebles dentro ya que no les dio tiempo de rescatarlos, mientras hombres, mujeres, niños y ancianos observaban llorando mientras se guarecían bajo cartones para no mojarse pues estaba lloviendo fuertemente.

Lugo se levantó de mal humor y fue hasta el cuarto para cambiarse de camisa.

- ¿Para dónde vas?- le preguntó Claudia cuando este se disponía a bajar las escaleras.

- Por ahí.- le respondió él bajando las escaleras oscuras aprisa.

Los dos nenes se asomaron al balcón para pedirles la bendición.

-Dios me los bendiga. Horita vengo y les voy traer dulces. Claudia, ten cuidado con los nenes que no se queden en el balcón. – gritó mientras se perdía por la acerita de concreto.

Toñito miraba con ojos ávidos a los muchachos jugando patíbulo debajo del poste de la luz. Los ojos le brillaban con luz de envidia y de esperanza. Mañana vamos con papi al parque, pensó mientras observaba lo mucho que gozaban ajusticiando a uno de los muchachos con la pelota de goma.

Lugo fue hasta el negocio La Hormiguita y se encontró con unos amigos. Todos estaban contentos gastando el bono navideño que habían recibido en esos días. Cuando miró el reloj en la pared vio que eran las once. No le importó. Ese era su día de descanso y tenía que gozarlo pues acaso no tenía que irse a romper el cuero y joderse desde el lunes a las seis de la mañana hasta las dos de la tarde del viernes. Se sintió liberado y pidió otra ronda. Estaba ya caldeaíto pero dos o tres palos más no le harían daño. Sentía un calentón y especie de hormigueo por todo el cuerpo. Deseaba cantar, bailar, brincar en fin, liberarse de los problemas del diario vivir y la incertidumbre en que se hallaba. Fue hasta la vellonera y marcó un disco de Rafael Martos. Comenzó a hacer mímicas imitando al cantante. Una risa unánime lo alentó y siguió un rato en sus payasadas hasta que se terminó la música. Echó más dinero y marcó unas canciones navideñas. Una puta, lo invitó a bailar a lo cual accedió de buena gana.

Fue hasta la mesa y se comió lentamente un pedazo de salchichón con queso de bola holandés.

-Come más Lugo pa que no te jiendas- le dijo uno de los bebedores.

-Deje eso compay que yo estoy como coco.

- Será como coquito- le respondió un tipo gordo mientras se desternillaba de la risa.

Siguieron bebiendo por largo rato. Eran cerca de la una cuando Lugo sintió una acidez tremenda en el estómago y unas ganas tremendas de vomitar. Fue hasta el apestoso baño y vomitó largamente hasta que le dolieron las entrañas. Luego orinó un buen rato dejando de hacerlo cuando solo cayeron unas gotas aunque todavía sentía la vejiga llena y cierto ardor. Volvió hasta la mesa aunque tenía deseos ya de irse, ya que estaba lejos de la casa y estaba a pie. Cuando se sentó fue que se enteró del comentario.

-¿Pero como a que hora fue?- preguntó el *bar tender* al hombre que había llegado hacía poco.

- Como a las ocho. Ahora lo deben tener en el Distrito, para hacerle la autopsia.

_ Se desnucó, el pobre muchachito. Imagínense caerse de tan alto. Cuando lo levantaron tenía la cabeza hundía entre los hombros.- contestó el informante.

- ¿De quién es hijo?- preguntó un prieto medio maricón.

- No se, eso me lo contó una mujer allá en el bar Jayuya.

- ¿Que se va a hacer? Ángeles pal cielo y glorias pa la eternidad- contestó Lugo que deseaba desviar la conversación y proseguir en el jolgorio, aliviado luego de haber vomitado. – Si los padres cuidaran a sus hijos y estuvieran pendientes de ellos, estas cosas no pasaban.-

Al ver que seguían con la conversación sin hacerle caso, fue hasta el mostrador a pagar lo que debía.

- ¿Cuánto te debo Tano?

- Dieciocho pesos. Toma.- le dijo mientras le alargaba un billete de veinte dólares. -Ah y dame el cambio en dulces surtidos pa los nenes.-

Salió ladeándose y se recordó de la conversación.

- Que se joda, si los padres no los cuidan que se jodan. Tengo que avanzar pues mañana debo llevar los nenes al parque y hay que madrugar para que jueguen con la fresca.

Como a las dos de la mañana llegó al caserío y le extrañó que a esa hora las luces de su casa estuvieran prendidas y un gentío lo esperaba.

PLEGARIA DEL NAÚFRAGO

Le llamaban el tuerto, simplemente el tuerto a secas y él así lo aceptaba pues en su memoria no conocía otro nombre. Desde que en aquella fatídica mañana de su niñez recibió la pedrada que le costó la vista del ojo izquierdo, fue bautizado con ese mote.

Acuclillado a la entrada de la choza, apuró de un trago el último sorbo de ron que le quedaba en la caneca. Lanzó al batey arenoso la botella y lentamente se dirigió hacia el rincón donde dormía. En el viejo camastro reposó el saco de huesos antiguos que era su cuerpo marchito. Se enrolló en las raídas sábanas hundiéndose lentamente en un remolino que lo condujo a la muerte nocturna.

Afuera, el chillido de las ratas silvestres reemplazaba una noche sin coquíes y orquestas de ranas. Solamente el ulular del viento entre los mangles y el retumbar de la resaca en los acantilados le daban un poco de vida a aquella oscuridad espantosa colmada de ánimas de antiguos naufragios.

El frío de la noche despertaba la artritis dormida en los huesos. El tuerto se encogió, adoptando la postura que tenía 60 años atrás en la matriz de su madre y viajó por mares exóticos en veleros cargados de especias, oro y esclavos. Y comió ratas, bebió agua putrefacta y presenció el hundimiento de su velero sufriendo la agonía de tragar agua mariscosa hasta hartarse y sucumbir convirtiendo el tenebroso mar en su tumba.

Despertó sobresaltado cuando ya clareaba el horizonte y sintió regresar al mundo de los vivos.

Pero, ¿acaso estaba vivo? Contempló su anciana faz ya decrépita en un pedazo de espejo. Verdaderamente parecía un cadáver pero mientras tuviera fuerzas no se iba a dejar conducir al reino de los muertos.

Había sobrevivido al huracán San Felipe, a las tormentas horribles del Canal de la Mona y a varias enfermedades. No temía a la muerte. Su cuerpo decrépito anunciaba visiblemente los estragos de una mala vida.

La lucha contra los elementos en el mar, el trabajo en los muelles, los diez años de marino mercante, la bebida, el poco alimento y el peregrinar de burdel en burdel habían minado su salud. Parecía quince años más viejo.

Recordó la vez que su bote naufragó y que a duras penas logró llegar a un islote luchando contra un mar embravecido. Las olas violentamente lo estrellaron contra la orilla. Allí buscó refugio entre los arbustos. Recordaba vivamente como luego de pasar la lluvia presenció el espectáculo más espantable que un hombre podría observar. Caminando alrededor de la islita, en procesión iba un grupo de hombres vestidos de blanco y descalzos con velas en las manos. Como lo venían haciendo cientos de años, las almas en pena de antiguos marinos buscaban la luz para su espíritu sin hallarla.

El pánico se apoderó de él. Lentamente fue desvaneciéndose la visión hasta quedar las tinieblas.

Curiosamente esa visión olvidada hacia muchos años afloró a su mente esa mañana fría. Quizás se debió al terrible sueño de la noche anterior. Sonrió, pues pensó que un viejo marino que desafió tantas inclemencias en la vida, no iba a amilanarse como una vieja ignorante ante la simpleza de un sueño.

Fue hasta donde estaba la rústica cocina. Abrió la vieja nevera inservible que le habían regalado y que solo servía para almacenar. Extrajo media libra de pan de agua, un pedazo de salami y una tajada de queso de bola ya mohoso. Coló un poco de café y lo tomó puya. El que sobró lo hecho en un termo. Tomó el frugal almuerzo y los avios de pesca los cuales colocó en el botecito. Empujo este dentro del agua y se dirigió mar adentro. Un juey rubio se quedó contemplándolo nostálgicamente.

Era un día hermoso. El rubicundo astro emergía grandioso dejando in camino dorado en las ondas verdosas. La brisa olorosa a mariscos y zargazos acariciaba los cabellos revueltos del viejo.

Mar adentro se dispuso a tirar las redes cuando notó que de momento surgió en el horizonte una mole prieta oscureciendo el mundo.

-Parece que hay norte. – musitó en voz, casi en un susurro. Eso pasaría pronto. Quizás llovería un rato. Pensaba en los peces que llevaría al atardecer y en los pesos que obtendría producto de la venta de estos.

El ventarrón avanzaba rápidamente levantándose las olas peligrosamente. Comenzó un aguacero violento y los rayos rasgaban el aire enrarecido.

Recogió las redes y se dispuso a regresar pues la cosa era seria. Empezó a remar desesperadamente pero estaba a merced de las olas. No supo por qué, pero por primera vez sintió miedo. Un miedo al punto del terror y de momento se vio pequeñito arrodillado frente a aquella dulce mujer que le enseñaba a rezar. Trató de recordar aquella oración, pero por más que buscaba en los laberintos de su mente no la hallaba. Por vez primera comprendió la necesidad de vivir en paz con Dios y que la muerte también existía para él que había sobrevivido a naufragios y otros peligros.

Se aferró a su bote fundiéndose con él como si carne y madera pudieran amalgamarse. Una ola alta, como una palmera se le echó encima lanzándolo al tenebroso mar. Por más que trataba de nadar o mantenerse a flote no podía. Su situación era desesperante y en rápida sucesión fueron aflorando los sucesos más trascendentales de su vida. La niñez en la vida pesquera, la pedrada en el ojo, el ultraje de aquella muchacha la cual lanzó a la perdición. Sintió rodarle por el rostro las lágrimas cálidas de la vieja enferma que le suplicaba no la abandonara y la cual no volvió a ver jamás. La vida sin Dios, de burdel en burdel, de concubina en concubina y el reguerete de hijos abandonados.

Ya sin fuerzas, abandonó la lucha. La cabeza desapareció bajo las aguas dejando un burbujeo. El estómago y los pulmones se le llenaron de agua mariscosa y su cuerpo inerte descendió a las profundidades marinas donde yacieron los cadáveres de miles de marinos y piratas.

De momento se sintió aliviado. Había sobrevivido a la muerte. Estaba vivo. Despertó con el suave calorcillo de una vela que inexplicablemente tenía entre sus manos. Se sorprendió al verse vestido de blanco y descalzo. Iba a la zaga de una fila de ánimas que por siglos interminables venían recorriendo las tinieblas de un solitario peñasco en el mar. Procesión de siglos de seres sin luz pidiendo la limosna de una oración. Espíritus perdidos en el océano cumpliendo su condena y añorando que algún día alguien les regale el pan de una oración.

Nota; Este cuento fue publicado en el periódico La Perla del Sur en la edición del 14 al 28 de julio de 1983.

MEMORIAS DEL DILUVIO YA OLVIDADO

El negro Martín Villót observó detenidamente el firmamento mientras acudían a su mente oscuros presagios. La noche anterior soñó que se encontraba en medio del mar pescando cuando de momento el mundo se convirtió en una oscuridad espantosa. Todo empezó a girar vertiginosamente y cayó en un remolino en el cual se hundía lentamente, mientras escuchaba una gritería descomunal. Al llegar al final del remolino se encontró en un lugar desconocido donde surcaban el aire pequeños discos anaranjados. Sentía como si flotara en el aire, como si no tuviera cuerpo.

Se despertó sobresaltado y de momento no recordaba en cual de los lugares se hallaba. Partió desde el lugar de los discos naranjas, pasó nuevamente por el remolino principiando por el fondo y emergiendo a la superficie. De ahí a la oscuridad total sobre las olas la cual estalló en una luz resplandeciente que le lastimó los ojos. Al abrirlos se encontró en el camastro a las seis de la mañana de un domingo.

Mientras tomaba un poco de café prieto sin azúcar y masticaba un enorme sorullo de harina de maíz, le consultó a siña Pancha, su madre, el significado de ese sueño tan extraño. La negra flaca de labios carnosos y mirada penetrante, descendiente en línea directa de reyes y shamanes nigerianos, cerró los ojos y cayó en trance, logrando comunicación con los espíritus de los antepasados.

Abrió los ojos desmesuradamente y con horror declaró la visión.

-Habrán miles de muertos, destrucción, hambre, enfermedades y tristeza. Ocurrirá un diluvio como antes nunca visto en esta tierra y nada se salvará de la ira de Dios. Hay que empezar los preparativos para salvarse.

Martín reunió a sus ocho hijos casados con sus cónyuges en el batey de la casa para alertarlos del peligro y explicarles la forma en que podían salvarse. También alertó a los vecinos acerca de la amenaza, pero estos se le rieron en la cara y se mofaron de él.

Martín y sus hijos vivían en un poblado playero cercano a los manglares donde subsistían varias familias de la pesca, los cocos y labores en los cercanos cañaverales. Al ser liberados los esclavos en el año 1873, estos se dirigieron a la costa estableciéndose en pequeñas poblaciones similares a las que vivía Martín. Habitaban rústicos bohíos de palmas y yaguas rodeados de palmeras y árboles de uvas playeras.

El patriarca y su familia comenzaron inmediatamente a prepararse para el diluvio. Junto a algunos de sus hijos, Martín pescaba las más variadas especies marinas las cuales las mujeres diligentemente limpiaban, salaban y ponían a secar al sol. Jureles, pargos, meros, pícuas, tiburones, mantarrayas y otros peces iban siendo pescados, procesados y almacenados. En los manglares ponían trampas para atrapar jueyes los cuales criaban en el batey. Las mujeres preparaban panes de casabe y junto a los niños recolectaban tortugas en las ciénagas. Corrió la noticia de poblado en poblado acerca de la insanidad de Martín el cual había contagiado a la familia completa. Tanto parientes como particulares esbozaban las más disparatadas teorías. Unos decían que probablemente había comido un marisco venenoso que lo trastornó. Otros creían que perdió la razón debido a la insolación en unos de sus viajes de pesca. También se rumoraba que el pobre Martín estaba obsesado por el espíritu de una mujer que había muerto recientemente, la cual dejó plantada en su juventud luego de pedirla en matrimonio, quedándose para vestir santos. Al morir, se apoderó de la mente del desgraciado negro en venganza.

Lo más inverosímil del caso era el hecho de que hubiera convencido a su madre, su mujer, sus ocho hijos casados con sus cónyuges, sus cuatro hijos solteros y sus veinticuatro nietos, con la extraña historia esa del diluvio.

La noticia se esparció llegando a lugares bien remotos donde se hablaba de un arca gigantesca que se estaba construyendo porque el fin del mundo estaba cerca y sería terminado con un diluvio. De que unos negros retintos como el carbón, habían sido elegidos por Dios para salvarse y crear una nueva generación donde existirían solo negros en castigo por la nefasta trata negrera que duró casi cuatro siglos.

Atraídos por las más extravagantes historias, fueron arribando al poblado playero gente de todos lugares los cuales realizaban arriesgadas travesías por caminos peligrosos con el fin de observar a la familia bíblica. A Martín le decían Noé y le preguntaban adonde estaba el arca y él con mucho gusto y calma les explicaba que no la habían podido construir debido a que necesitaban muchos materiales, tenían pocos hombres y no tenían la ventaja de Noé al cual Dios le había concedido cien años para construirla. Ellos apenas tenían semanas para prepararse.

Fue tanta la excitación y el revuelo causado por la noticia del diluvio, que se estableció una feria en el pequeño poblado donde vivían los negros profetas, próximos herederos del mundo. Se instalaron puestos de frituras y bebidas. Se jugaban gallos, topos y barajas al aire libre. Una prieta retinta, enorme, con unas nalgas de paquidermo llegó una tarde e instaló bajo el palmar un cobertizo techado con hojas de palma. En el interior colocó un petate desvencijado, una vasija de barro con agua y unos trapos. Sentada en banquito, junto a la entrada del cobertizo incitaba a los futuros clientes a que seleccionaran alguna de las cuatro putitas quinceañeras que se acostaban por unos míseros centavos para saciar el hambre vieja. Con voz gruesa y autoritaria invitaba a los hombres a que disfrutaran de los deleites del sexo antes de que llegara el diluvio.

Tanta publicidad recibió el asunto, que los rumores llegaron hasta Ponce a oídos de las autoridades militares de la plaza, quienes inmediatamente enviaron un destacamento de soldados a investigar, pues creían que la patraña del diluvio podía encerrar una conspiración en contra del gobierno de los Estados Unidos.

Cuando llegaron las tropas a investigar, hicieron de las suyas bebiendo ron pitorro, bailando bomba y plana y agotando a las putitas quinceañeras. Tomaron la única fotografía de Martín y su familia que se conoce la cual sirvió para preparar tarjetas postales las cuales estaban identificadas como:*Portorrican negroes in front of hut*. El único ejemplar de esta postal que se conoce la adquirió recientemente un coleccionista local, de la firma "Sothebys" de Inglaterra, pagando una pequeña fortuna por ella. Este reconoció la importancia que tiene esta tarjeta para la historiografía puertorriqueña. El Instituto de Cultura estaba haciendo las gestiones para tratar de que este coleccionista les done o venda la tarjeta para ser exhibida junto a la bandera del Grito de Lares, los santos de palo, los cemíes taínos y otras tantas piezas importantes de la cultura puertorriqueña.

Con el fin de obtener fondos para su empresa, Martín vendía pitorro a los visitantes y las mujeres produjeron las más exquisitas delicias culinarias tales como: pasteles de yuca y masa, bacalaitos fritos, morcillas, cuajito, alcapurrias y empanadillas de jueyes y chapín las cuales deleitaban a los noveleros.

Con el dinero obtenido de las ventas, compraron granos, arroz, azúcar, velas de sebo, fósforos, telas y herramientas. Se empezaron a preparar las rústicas jaulas donde se albergarían a los animales. En ellas metieron los gallos con las gallinas, las guineas machos con las hembras, las palomas con los palomos, los conejos con las conejas, los güimos con las güimas, los patos con las patas…

Al paso de los días, el interés en el diluvio declinó y se fueron alejando los visitantes con los bolsillos vacíos, borrachos extenuados, pero satisfechos con la jarana. La negra paquidérmica con sus putitas inexpertas fue la última en desmantelar. Las jóvenes escuálidas y cansadas por las amanecidas, cargando sus escasas pertenencias desaparecieron por el camino entre los mángles. Seguían dócilmente a la prieta de culo de elefante.

Cuando el pueblo se hubo olvidado de los negros y el diluvio, estos comenzaron a empacar para dirigirse en procesión hacia su destino.

Al fin llegó el día de la partida. En la carreta montaron todos los comestibles, trastes, ropa, herramientas, las jaulas apiñadas unas sobre las otras, los jueyes enquiñaos dentro de los sacos, las tortugas patas arriba y un millar de cosas más. Martín junto a siña Pancha y su esposa, iba montado en la carreta dirigiendo a los viejos bueyes. Detrás, a pie, iban sus ocho hijos casados con sus cónyuges, los cuatro hijos solteros, los veinticuatro nietos y los animales por parejas. El verraco con la puerca, la yegua con el caballo, la cabra con el cabro, la perra con el perro…

Bajo el ardiente sol de verano, los pobres negros y los animales caminaban por los caminos ardientes y polvorientos. La gente se arremolinaba en los bateyes y a su paso les gritaban improperios, se mofaban de ellos, les ajotaban los perros bravos, les tiraban piedras y bacinillas de meaos apestosos. Con estoicismo soportaban su vía crucis colectivo. De noche, soportaban el frío a la intemperie y recibían la visita de los muertos que al igual que los vivos se burlaban de ellos.

Una noche de luna llena, mientras acampaban a la orilla del río, nació el vigecimoquinto nieto de Martín. Entre la algarabía de las ranas y coquíes eróticos, múcaros, insectos y perros que ladraban a las ánimas en pena, se sintió el llanto del niño, promesa de supervivencia después del diluvio.

Cuando la caravana de negros llegó al campo, los jíbaros los miraban con recelo. Llegaron al extremo de amenazarlos con machetes, pero aún así siguieron su marcha.

Los negros desaparecieron un día como por encanto. Nadie más supo de ellos. Circularon los más conflictivos rumores. Se decía que habían sido masacrados por Águila Blanca y su grupo de tiznados cerca del pueblo de Adjuntas. Según los informes, todos los hombres habían sido castrados y luego pasados a cuchillo. Las mujeres, incluyendo a siña Pancha y las más jovencitas, habían sido violadas y luego degolladas con filosos machetes. Los niños, para que no sufrieran tanto, fueron asfixiados como se hace con los pichones de paloma. Los cadáveres habían sido lanzados al río convirtiéndose las aguas en sangre.

Otros decían que los negros se habían establecido en el barrio San Antón de Ponce y que la historia del diluvio había sido una falsa de Martín para propiciar la fiesta que le produjo dinero suficiente para sacar a la familia del poblado maloliente e infectado de mosquitos en que habitaban. Nada se sabía de ellos habiendo desaparecido para siempre.

Habían transcurrido dos meses justos desde que circuló por primera vez la historia del diluvio, cuando la mañana del ocho de agosto, a las ocho de la mañana, el mundo se cubrió de tinieblas mientras una amarillez intensa se reflejaba en todo el ambiente. Unos nubarrones espesos fueron cubriendo el horizonte enlutando las aguas. Cientos de rabijuncos se dirigían hacia las montañas buscando refugio. Las cuevas del Convento comenzaron a silbar lúgubremente anunciando la profecía.

Los vientos ciclónicos arroparon el litoral doblegando las palmeras, arrancando de cuajo las ceibas centenarias, desbaratando los bohíos y sumergiendo al mundo en un cataclismo de oscuridad, dolor y muerte.

Entonces se acordaron de los negros, de la profecía del diluvio, de la mofa y vejámenes que sometieron a los iluminados. En las casuchas rezaban arrodillados hombres y mujeres. Se dirigían a Papa Dios, a las vírgenes María, de las Mercedes, de la Caridad del Cobre, del Carmen, de Zipaquira, de los Remedios, de queseyó; a santa Marta, santa Bárbara, san lazaro, san Cristobal, san Antonio, los Tres Reyes Magos, san José, san Martín de Porres, las ánimas del Purgatorio…

Ofrecieron villas y castillas a todo el Reino Celestial. Desde velas; dejarse crecer el pelo y la barba; oír misa de pie y descalzo; dejar de fumar y beber; no volver a probar el sexo; en fin tratar de sobornar a Papa Dios, la Virgen y los santos. Todos los esfuerzos eran inútiles. El problema no estribaba en que la Divinidad ni sus intercesores estuviesen molestos con los hombres sino que la furia de los elementos y la estática dificultaban la transmisión de la voz y el pensamiento desde la tierra a las esferas celestiales. Además, como se había enviado el mensaje con Martín, se pensaba que todo el mundo estaba a salvo.

El viento seguía azotando de una forma inaudita. Las marejadas del alto de las palmeras arropaban las casitas abnegándolas y ahogando a todo ser viviente que encontraran a su paso.

Continuó el azote bestial hasta las cuatro de la tarde cuando cesó de improviso. Los sobrevivientes salieron de sus refugios para ver los destrozos, socorrer a los damnificados y salvar todo lo que pudieran. Al rato, volvió a castigar el viento con tanta violencia como lo había hecho anteriormente. Las pocas casas que se habían salvado fueron destruidas en la virazón.

Al cesar el viento como a las ocho de la noche, comenzó a llover. Llovió torrencialmente por largas horas, preñándose las quebradas y caños, reventando los manantiales, encabronándose los ríos y abnegándose la tierra. Desde las alturas bajaban las casitas con sus habitantes dentro y los quinqués encendidos, cabalgando violentamente sobre las aguas rojizas, reventándose en mil pedazos y arrojando los cuerpos humanos a la seguridad de la muerte.

Cuando dejó de llover y las aguas volvieron a su nivel, el mundo ofreció un espectáculo desolador, nunca visto desde los tiempos de Noé. Cientos de ahogados, henchidos de agua fangosa con el rostro compungido por el terror yacían por todos lados en las posturas más grotescas. Junto a los seres humanos, habían perecido infinidad de animales domésticos y silvestres.

La pestilencia era enorme y las autoridades se vieron obligadas a traer presos para que se recogieran los cadáveres putrefactos que se desmembraban y había que recogerlos con palas y tirarlos a carretones para luego llevarlos a los cementerios improvisados y lanzarlos a una fosa común. A las orillas del río donde otrora se levantaban hermosos platanales, mezclados con las matas destruidas se encontraban cientos de muertos que al tocarlos se desmoronaban mostrando las entrañas rellenas de gusanos gordos deleitándose en la carne pútrida y esparcían el perfume de la muerte.

El poblado playero fue destruido y olvidado para siempre por los pocos sobrevivientes del diluvio. Cuando Martín a sus 125 años contaba los sucesos del diluvio, la gente se reía y le decían que eso no podía ser cierto ya que ningún huracán tendría ese poder que él mencionaba. Pensaban que la historia del diluvio era igual que esos otros cuentos de viejos y esclavos como el del Grito de Lares, los compontes y la llegada de los americanos a Puerto Rico.

Después de la muerte vino el hambre a causar más muerte. Arrasada la tierra, destruidos los árboles y plantaciones, ahogados los animales, no había nada que comer. Los sobrevivientes deambulaban desnudos o vestidos con ropas raídas buscando que comer por los caminos fangosos. En los manglares, a veces conseguían jueyes gordos alimentados con cadáveres humanos. Carne de hombres convertida en proteína de jueyes, procesada nuevamente a carne de hombres. Se herían las manos cavando la tierra pantanosa para obtener las raíces del marunguey, letal como la yuca brava. Molían las raíces hasta que se volvía una pasta la cual dejaban que se volviera gusanos y luego la consumían. Muchos morían reventados por el veneno.

Muerte, destrucción, desolación y tristeza dejó el diluvio.

Cuando los últimos cadáveres que no fueron recobrados de las quebradas, ríos y pantanos perdieron sus carnes, quedando los huesos pelados. Cuando los árboles se recobraron y empezaron a ofrecer sus frutos. Cuando la naturaleza se recobró del caos y la muerte, bajaron de las montañas un grupo de negros saludables y contentos. Martín y su estirpe habían sobrevivido al diluvio ocultos en las míticas cuevas del Convento las cuales anteriormente habían albergado a los indios taínos para protegerlos de Juracán, a los negros cimarrones que huían de la esclavitud y a los patriotas de Lares que luchaban por la libertad de su patria.

Se asentaron nuevamente en le poblado playero, casándose las primas con los primos hasta que los extraños vieron que las descendientes de Martín eran buenas y las tomaron por esposas. Siguió la estirpe cubriendo la tierra hasta que todo fue como antes del diluvio.

TRANSFIGURACION DE VIRGEN A PERRA *

Esa noche no acudió a ofrecer en la universidad en que se desempeñaba como catedrático los cursos de ciencias políticas. En cambio, se dirigió al barrio arrabalero, a recorrer sus calles, mientras observaba con detenimiento las esquinas en sombras. Anhelante la mirada, seca la garganta, trataba de discernir la menuda figura que noches antes había aparecido fugazmente ante sus ojos desvaneciéndose en el interior del automóvil de cristales impenetrables.

Esa visión momentánea lo había obsesado, manteniéndolo en una intensa excitación y una zozobra que aumentaba al recorrer las calles y fijar su atención en las rameras que ofrecían toda clase de servicios sexuales. Putas adiposas, putas escuálidas, putas sidáticas, putas prietas, putas viejas y feas, putas melladas, putas tecatas, putas coño-carajo, en fin, una fauna exótica para los más variados gustos de la depravación.

Estaba sumamente molesto, los celos lo atormentaban hasta llevarlo al borde del total desquiciamiento. Hasta su esposa había denotado el cambio repentino en su carácter, inquiriéndole el porque del mismo. Su explicación de problemas en el empleo no la dejaron muy satisfecha.

Al doblar la esquina, vio el anuncio del negocio, en letras parpadeantes, junto al pajarraco que le daba su nombre: *El Flamingo*. Una prostituta casi en los huesos ocultaba bajo el espeso maquillaje los estragos del sida, mientras que a pocos pasos, tirada en la calle, una mariposa con las alas rotas, viajaba a las altas esferas de la idiotez que producía el polvo de amapolas, para luego despertar en el infierno.

El haberla visto llegar de la escuela aquella tarde, acompañada del imbécil adolescente lo había molestado muchísimo, especialmente cuando al despedirse le besó los labios. Tamaña osadía, falta de respeto. Lo envidió.

Absurdo, realmente absurdo, que un distinguido profesor de ciencias políticas, de una honorable universidad, digno ejemplo del ciudadano ejemplar, anduviera recorriendo las riesgosas calles de la ciudad en la búsqueda de un sustituto para tratar de algún modo de saciar esa obsesión subyugante que le desquiciaba hacía ya algún tiempo y que cada día lo empujaba más al abismo.

Había tratado de desvanecer el deseo intenso que sentía hacia la joven de 16 años la cual aparentaba menos edad. La frescura de la piel, la sedosidad de los cabellos y la fragilidad de su cuerpo le causaban una sensación de desasosiego, especialmente cuando su esposa se hallaba trabajando y él regresaba antes y se encontraba a solas con la joven. En varias ocasiones, al pasar hacia su habitación y al mirar dentro del cuarto de ella, la encontraba dormida.

La observaba detenidamente, recorriendo su mirada la superficie completa del cuerpo, deteniéndose en las pequeñas pero firmes y bien formadas protuberancias pechugales, en el montecito venusiano que se marcaba completo en la tela de lycra de su pantaloncito corto y ajustado y que prometía las delicias del Paraíso o los tormentos del Infierno y en el pequeño pero mullido trasero. Así estaba en contemplación varios minutos hasta regresar a la cordura, alejándose del peligro y retirándose a su habitación a soñar. Un día, aparentemente la joven llegó cansada del colegio y se acostó esta vez en ropa interior olvidándose de cerrar la puerta. Al verla, sintió la impresión erótica más intensa de su existencia. Con sigilo, entró en la habitación situándose cerca de ella para observarla mejor. La penetró con la intensa mirada, sintiendo que la sangre recorría su cuerpo violentamente, candente, circulando por las venas, capilares y arterias hasta llegar a los cuerpos cavernosos, despertando al monstruo dormido, que comenzó a incitarlo a poseer, a despedazar las entrañas calientes, dispuesto a reventar en la entrega total, deseando la muerte, antes de de no poder calmar su ansiedad. La acción penetrante de su mirada, la hizo regresar de la muerte momentánea, evitando la zozobra, el naufragio total de su vida en ese mar palpitante, que lo incitaba a lanzarse en él. Temió que fuera a increparlo, gritara o que se molestara por su indiscreción. Sin embargo, su reacción fue una enigmática sonrisa acompañada de un - !Hola!- , que no pudo interpretar. Esa respuesta lo dejó anonadado, totalmente destruido, prefiriendo mejor que lo hubiera insultado o abofeteado antes de llevar en su interior esa duda que ahora lo acompañaría por mucho tiempo. En otras ocasiones en que ella lo sorprendía mirándola fijamente, o en que en aparente inocencia le tomaba las manos o rozaba con su cuerpo, la expresión de su mirada y su sonrisa lo sumían en amplias cavilaciones y fantasías.

A veces pensaba que los escritores no son tan creativos como se piensa, pues a veces la vida recrea situaciones tan o más novelescas y que los autores lo que hacen es escribir las experiencias de otros o las suyas propias añadiéndoles uno u otro detalle adicional. Comparaba su caso con el de Humbert Humbert, el degenerado personaje creado por Vladimir Nabokov en su novela *Lolita* quien atravesó por un tormento similar al suyo. Por pura casualidad, había visto este libro en la biblioteca de la universidad en que trabajaba y al hojearlo y ver la naturaleza del tema, lo tomó prestado para leerlo. Luego, con mucho trabajo, logró obtener una copia para su biblioteca personal. Varias veces había releído capítulos excitantes que le causaban gran erotismo. El más que le agradaba era aquel en el cual Humbert la bestia, Humbert el sátiro, Humbert el monstruo, había obtenido la sensación más voluptuosa de su vida mientras rozaba su pelvis contra el cuerpo de la inocente Lolita, su hijastra, un día en que se hallaban a solas conversando en un sofá. Releía estos sucesos con fruición, a modo de masturbación mental, cambiando los personajes, el lugar y el tiempo.

Al comparar su caso con el de Humbert Humbert, encontraba algunas semejanzas y diferencias. A el, personaje de Nabokov, le gustaban las chiquillas impúberes debido a su fracaso de poseer en su juventud a una jovencita de nombre Annabel la cual era su novia y tras de varios intentos fallidos no logró desflorarla. Al morir esta de tifus, se tronchó su sueño de gozarla sexualmente, afectándose emocionalmente, lo cual le dificultaba mantener relaciones estables con mujeres de su edad, creándole una obsesión constante por jovencitas adolescentes.

Recordaba su propia juventud en la que la excesiva timidez le había imposibilitado de mantener relaciones normales con las chicas. Los amoríos platónicos lo sumían en constantes celos, ansiedades y hasta crisis de identidad, cuando entonces fantaseaba en las noches de que su mejor amigo le hiciera el amor. En una ocasión, se enamoró de una jovencita de unos trece años (la edad de Lolita), frágil y hermosa, la cual probablemente esperaba sus acercamientos los cuales por razones ya expuestas, nunca se realizaron. Cansada de esperar o desilusionada, aceptó a un estúpido compañero de clases de la peor laya. Este lance amoroso, lo sumergió en una tremenda depresión, pensando en suicidarse, en no enamorarse nunca más, en arrojarse al abrazo viril del amigo a quien deseaba en los momentos aciagos en secreto.

Al paso de los años, empezó a relacionarse con prostitutas, mujeres con las cuales su única relación era el alquiler momentáneo de una vagina para depositar sus ansias, en ambientes caóticos, con urgencia. Luego de varios años de soltería, conoció a la divorciada que lo encauzó por los senderos amatorios normales hasta que comenzó la situación intolerable en que se hallaba sumergido, situación que había despertado sus recuerdos y deseos dormidos.

Para remediar el problema que lo subyugaba, pensó que sería más practico utilizar la táctica de Humbert Humbert, antes de conocer a Lolita la cual consistía en conseguir putitas genéricas, particularmente aquellas que pudieran recrear las características que tenía la chiquilla treceañera de su adolescencia y que por azares del destino, exhibía la otra que compartía con él y su esposa el hogar. La cual imaginaba, quizás desnuda en la oscuridad del cuarto, separada de ambos por cinco y media pulgadas y por mil razones.

En varias ocasiones, había recorrido los lugares más degenerados de la ciudad tratando de hallar una prostituta que se amoldara a sus deseos, resultando en vano los esfuerzos, ya que todas las que aparecían pasaban de los veinte años más no tenían las características que requería.

La primera vez que vio a la jovencita que se amañaba a sus deseos, la perdió, pues antes de llegar al lugar en que se hallaba, un individuo se adelantó, llevándosela del lugar. Un capullo de esa calidad apenas duraba unos minutos parada en una esquina. Esa desilusión lo afectó más fuertemente aunque en parte lo alivió de la zozobra en el hogar ya que transfirió a la joven prostituta de la calle sus deseos. Dictaba sus conferencias ansioso de terminar para poder irse a recorrer las calles sin rumbo, en una búsqueda incansable, en un ir y venir. Escrutando las esquinas, las puertas de los bares, levantando sospechas entre la población puteril quienes lo confundían con un encubierto y alborotando a los maricones quienes se preguntaban quien sería ese macho tan elegante, ¿acaso un bugarrón ?

Al volver a pasar frente al *Flamingo* , vio la figura menuda esperando la invitación de algún cliente. Le hizo señas para que fuera donde él, estacionándose en la esquina en sombras, donde había menos visibilidad.

La joven era sumamente encantadora. Tendría unos quince a dieciséis años y lucía un vestidito blanco, con botas del mismo color. La apariencia casta, casi impúber de su cuerpo contrastaba con el denso maquillaje. Cejas casi invisibles, ojos negrísimos enmarcados en una mar de sombras, labios carnosos de un rojo intenso, hirientes a la vista y el cabello bien peinado, sujeto con laca. El escote mostraba la oquedad de los senitos manoseados y todo su cuerpo despedía un perfume penetrante, dulzón, pero agradable.

Después del saludo acostumbrado en estos casos, se procedió al ajuste del precio, indicando las advertencias de rigor en putitas de calidad: nada de sexo anal y usar un condón. Llegaron al acuerdo de realizar la sesión amatoria por el módico precio de veinte pesitos más los cinco del cuarto de Retamar. Una ganga, tomando en cuenta la edad y calidad de la muchacha.

Mientras guiaba, miraba de reojo la presa. La sangre le circulaba violentamente, candente, recorriendo las venas, capilares y arterias hasta llegar a los cuerpos cavernosos donde anunciaba al monstruo prehistórico que había llegado la hora de poseer, despedazar las entrañas calientes y estallar en el paroxismo de la entrega total, viviendo y disfrutando de esa fantasía, calmando esa obsesión fatal que lo atormentaba.

Recorrieron en silencio las calles que faltaban para llegar al antro del pecado. Su mente divagaba entre el arrepentimiento y las ansias, entre la razón y la lujuria, entre la honestidad y la infidelidad. Al llegar al lugar indicado, estacionó el Volvo frente a la casa de madera pintada de verde y enrejada. La chiquilla llamó al dueño de la casa, un hombre de nombre Retamar quien les abrió el portón y los invitó a pasar. El hombre era alto, flaco, de nariz aguileña, amplio bigote al estilo daliliano y cabello largo, lacio, de unos 50 años. Era muy afable y cortés, desviviéndose en atenciones. Mientras la muchacha arreglaba lo del cuarto con el hombre, observó el lugar donde se hallaba metido. Era una casa vieja, amplia, la cual tenía un ancho corredor que desembocaba en una habitación la cual dividía un arco, en la cual había un altar preñado de imágenes de yeso de santos, indios, budas y deidades negras como Elegúa a las cuales se ofrecían ofrendas votivas que iluminaban tenuemente el ámbito. Con excepción de las velas, no había más iluminación en la casa. Al lado derecho, estaban localizadas las habitaciones que servían para realizar el amor hombres con mujeres; hombres con niñas putitas; mujeres con mujeres; en trios; cuartetos; maricones con bugarrones; y para curarse con yerba, perico o con aguja.

Retamar les ofreció la primera habitación la cual era un cuartito donde había un camastro cubierto con una vieja sábana testigo sabe Dios de cuantos polvos, y una almohada. Junto a la sillita mohosa, se encontraba una estufa inservible, cuya función quizás fuera la de improvisada mesa. No había agua para lavarse.

Cual si él fuera un chiquillo y ella la mujer de mundo, comenzó a impartirle instrucciones, ordenándole que se desvistiera. Obedeciendo, comenzó a quitarse la camisa, acción interrumpida por la esposa de Retamar, una mujer de unos 55 años, quien llamó a la puerta preguntando si deseaban un abanico, el cual fue aceptado por la joven quien se quejó del calor que hacía esa noche. La señora, con más apariencia de empleada de comedores escolares que de alcahueta de putas, procedió a colocar un desvencijado abanico, al cual le faltaba el protector de las aspas, encima de la silla, encendiéndolo. Al salir de la habitación la señora, la joven cerró la puerta asegurándose que estuviera bien cerrada.

Al terminar de desvestirse, se colocó un condón en el miembro semi-flácido. Aunque la prostituta le había causado un intenso erotismo, este se había apaciguado debido al lugar donde se hallaba y el saber que a pocos pasos se encontraba gente quizás pendiente de lo que hacían dentro del cuarto.

Observó a la niña que se había quitado el trajecito y procedía a colocarlo cuidadosamente, sin prisa en el espaldar de la cama. Ella lo observó detenidamente y le indicó que todavía no se había quitado las medias, que lo hiciera., detalle que él había pasado por alto pues no creía que esto afectara de algún modo el acto amatorio. ¿Sería alguna superstición entre las putas?

Así en ropa interior, lucía extraordinariamente parecida a la causante de su obsesión el día que la había sorprendido de igual forma al llegar de la universidad. La joven le indicó que se acostara mientras pidió permiso para apagar la luz pues así se sentía mejor y terminó de desvestirse en la oscuridad pudiendo adivinar los contornos del cuerpo por la poca luz que se filtraba a través de las rendijas del cuarto y que provenía del poste frente a la casa. La tomó entre sus brazos, cual florecilla delicada que se fuera a deshojar, mientras succionaba delicadamente las colinitas pectorales, recorriendo con sus garras las sinuosidades del cuerpo, acariciando con suavidad la carne tibia y besando con ternura los labios finos. Tratábala como virgen en luna de miel, como la niña inexperta que él deseaba que fuera. Como la que dormía a unos pasos de su habitación, quizás desnuda, separada por cinco y media pulgadas de hormigón y mil razones. Ella, acostumbrada al tratamiento insolente, a la gozadera habitual, libre de caricias delicadas, rió estrepitosamente, desconcertándolo, despertándolo de su ensimismamiento y regresándolo a la realidad abrumante, que estaba en un sucio cuarto con una puta aborrecible. Ella buscaba la penetración inmediata, sin preámbulos, para luego de un par de movidas sísmicas despacharlo como hacía con la Pléyade de viejos babosos que no resistían a la conmoción de ese pocito lapachoso donde iban a morir los reptiles ciegos que osaban penetrar en él.

Le preguntó seriamente si necesitaba que lo enseñara a hacer el amor. Él en cambio, la ignoró y trataba de encontrar el rostro de la joven que deseaba en la que ahora abrazaba. Hacía lo indecible por imaginársela, para gozársela por completo. Deseaba que el espíritu de ella transmigrara a ese cuerpo grosero para que lo dulcificara, para que fundidos sus cuerpos, intercambiaran fluidos vitales, energía síquica y física, girando en un vértigo delicioso hasta llegar a la inconsciencia y concluir de una vez por todas esa fantasía loca que lo estaba trastornando.

Una y otra vez intentó recrear el rostro de su amada, transfigurándose la figura de la prostituta como en un video de Michael Jackson, en diferentes rostros. Aparecía la cara de su esposa,; desapareciendo para dar paso a la de su madre; para luego esta convertirse en la de la Virgen María; para luego ser la de Lola Flores, el pato que se las buscaba al frente del *Flamingo*; para parecerse al viejo prieto que vendía helados en la plaza; y por último a la puta vieja, aquella que en su juventud le había dicho que se dejara de pendejaces cuando comenzó a acariciarle los senos, la que tenía el tatuaje de la flor en el muslo, la que le dijo que acabara de entrar el pipí por aquel sumidero donde se había volcado la savia viscosa de cientos de pipises de todos tamaños, colores y grosores. Llegado el momento climático, sintió la misma sensación que experimentó con aquella perra del bar *Jayuya*.

Sintiose hastiado, asqueroso, con ganas inmensas de vomitar de maldecir a todas las putas existentes en esta, las anteriores y futuras generaciones. Se levantó del camastro y se encontró perdido entre las sombras. Un olor intenso a marisco impregnaba las moléculas del aire en el cuartucho.

El camino de regreso fue sumamente embarazoso. La chiquilla fumaba distraída, quizás pensando en los clientes que aún le faltaban por atender esa noche. La ira de haber descendido tan abyectamente para nada, lo molestaba profundamente. Dejó a la joven frente al *Flamingo* y emprendió el retorno a su casa.

Cuando llegó, la encontró besándose frenéticamente dentro del carro con el novio imbécil. Mientras él trataba de transfigurarla en la putita genérica, ella disfrutaba de las caricias del novio. Con furia, abrió la puerta del carro y lo sacó a empujones procediendo a golpearlo salvajemente, remontándose su mente a tiempos ya olvidados paro que ahora afloraban en forma diáfana, cegándolo. Solo reaccionó cuando los gritos de su esposa lo despertaron del sopor y entonces vio la cara ensangrentada y desfigurada por los golpes, dándose cuenta que se había equivocado de joven, de novia, de tiempo y de lugar comprendiendo por fin, la verdadera y crítica situación en que se hallaba.

**Este cuento fue premiado con Mención Honorífica en el Certamen Literario de Navidad auspiciado por el Instituto Comercial de Puerto Rico Junior Collegue, Recinto de Mayagüez en el año 1994.*

LA FRUSTRACIÓN DE LUISITO

"El buen maestro sabrá escudriñar los más recónditos rincones del alma."

Luisito siempre estaba callado en el salón de clases. Se sentaba en la última fila y mientras sus condiscípulos discutían apasionadamente algún tema de la clase, él se aburría. Sus argumentos eran más convincentes que los de sus compañeros, pero por su excesiva timidez no se atrevía a expresarlos.

Sufría lo indecible cuando la maestra le requería informes orales frente a la clase o cuando bailaban los bailes folklóricos. Al pararse frente a la clase, temblaba, sufría escalofríos, gagueaba y su rostro se ruborizaba de tal forma que parecía estallar. Cursaba el sexto grado y aún no había perdido esa timidez que tantos perjuicios le causaba.

Un día, la maestra de música acudió al salón de Luisito para hacer una audición, ya que estaba organizando el coro estudiantil. A Luisito le, agradó la idea de pertenecer al coro. Le gustaba la música y quizás ahí estaba la oportunidad para vencer en algo su timidez.

Cantó lo mejor que pudo. Al pasar la maestra por su lado, le indicó que se parara al frente, señal de que había sido seleccionado. Su corazón latió apresuradamente y si no hubiera sido tímido, habría gritado fuertemente un ¡hurra! que estremeciera el salón.

La tarde le pareció una eternidad. Deseaba llegar a su casa para informarle a sus padres y hermanos de la buena noticia. Imagínense, haber sido seleccionado para pertenecer al coro escolar.

Pasaron los días y comenzaron los ensayos. Luisito cantaba muy bien. Mejor que algunos de los otros compañeros. Pero, su maldita timidez hacia que su rostro luciera tenso, serio y adusto, expresión que la maestra de música entendió como un desagrado.

En forma brutal, le inquirió frente al grupo si se sentía molesto en el coro. Esta acción inesperada lo desconcertó y balbuceando unas palabras, indicó que se sentía a gusto. En el próximo ensayo, volvió a repetirse la desagradable acción de la maestra, lo cual trajo la renuncia de Luisito al coro.

Las semanas pasaron y el coro ya estaba listo para hacer su debut en el programa de la escuela. Los niños conversaban acerca de las actividades futuras en el teatro la Perla, otras escuelas, sobre el uniforme… Luisito les escuchaba sintiendo una mezcla de frustración, tristeza y envidia.

Al fin llegó el gran día. Después de los himnos nacionales y las palabras de la principal, se escucharon las vocecitas infantiles del coro. Lucían hermosos y radiantes los jovencitos con sus uniformes de gala. Se colocaron en el centro del patio junto a la oronda maestra de música que los dirigía.

En una esquina, Luisito observaba triste. Dos lagrimones tibios brotaron de sus ojos surcando sus mejillas. Un sabor salino le inundó la garganta y sollozó quedamente. Un compañero que observaba le preguntó asustado si se sentía mal. Luisito le contestó que le dolía la cabeza, por no decir el alma.

Publicado en La Perla del Sur en la edición del 13 al 19 de diciembre de 1989 y en La Opinión del Sur el 24 de diciembre de 1999.

MI NOMBRE ES ANGUSTIA, MI APELLIDO INFELICIDAD

Mi nombre es Angustia y me apellido Infelicidad. Tengo dieciséis años los cuales han transcurrido como si fueran sesenta. Actualmente deambulo por las calles de otra ciudad ajena a la cual me crié. Soy una trabajadora sexual, aunque el público me llama de otra forma, el nombre despectivo que ustedes conocen. Mi trabajo no me gusta, lo aborrezco, pero es lo único que puedo hacer debido alas circunstancias de mi vida que les explicaré brevemente.

Cuando tenía trece años, mi madre me envió de Nueva York a vivir con mi tía en Ponce, en lo que ella regresaba. Nunca lo hizo y quedé a merced de una tía que no me quería, me maltrataba y me humillaba por cualquier cosa.

Comencé a tener problemas con ella y en la escuela. Estos me agriaron el carácter. Los maestros no me entendían empeorando mi situación. Perdón, digo algunos maestros porque hubo una, la maestra de Salud, la cual con sabiduría y amor comprendió que algo pasaba y dialogó conmigo.

Un día, mi tía me botó de su casa y me fui a residir con mi anterior padrastro que vivía solo. Allí estuve un tiempito y luego me fui a vivir con una amiga casada.

La maestra de Salud refirió mi caso a la orientadora, la trabajadora social y a la directora de la escuela para que me ayudaran. Incluso, ella me compraba alimentos, pues en ocasiones solo tenía para comer lo que ella me daba y el almuerzo del comedor.

Mientras vivía con mi amiga, comencé a utilizar drogas, pues buscaba un refugio donde ahogar mis penas. Imagínense, una chiquilla de quince años con tanta incertidumbre y problemas. Muchas veces quería morirme, suicidarme, para ver si llegaba un consuelo a mi atribulada alma. Para la gente era la muchacha malcriada, la tecata, la problemática de la escuela.

No tenía quien me comprara nada careciendo de muchas cosas necesarias. Yo veía a mis compañeras que todo lo tenían y las envidiaba especialmente cuando las oía hablar de lo bien que las trataban en el hogar.

Un día me fui a una tienda y oculté en mi cartera un juego de ropa interior pues estaba escasa de ella. Por mala suerte me cogieron y no valieron mis lágrimas y explicaciones. Nadie se compadeció de mí. Me trataron de pilla, me maltrataron las empleadas, el gerente. Es verdad que lo hice mal, pero pudieron haberme perdonado., ya que les entregué la mercancía. Me reportaron a la escuela y la principal que quería salir de mí, aprovechó la oportunidad para expulsarme.

No valieron mis súplicas y los ruegos de mi defensora, la maestra de Salud, que hizo todo lo posible para ayudarme. La directora me lanzó a la calle y a la perdición.

Para costear mi vicio de drogas y mis gastos comencé a vender mi cuerpo por las calles aledañas al terminal de carros públicos. Como era bonita y joven conseguía clientes enseguida. Pasé muchos sustos. Algunos hombres me maltrataban, otros me obligaban a satisfacer sus perversiones. Hubo veces que no pagaron. Todos esos sacrificios para conseguir la porquería de la droga. Para tratar de escapar de esa realidad tan hiriente, tan desesperante y tan angustiosa.

Buscando nuevos horizontes me fui a otra ciudad. Aquí estoy peor pues no conozco a nadie. Aún sigo con las drogas que cada día dominan más mi cuerpo y embrutecen mi mente. Habito un inmundo cuartito donde duermo de día. Las noches las paso deambulando por las calles como perra callejera ofreciendo lo que me queda de juventud. Todavía tengo suerte, pues aún soy joven y conservo algunos encantos. Esto no durará mucho, pues ya estoy notando los estragos de la droga en mi cuerpo, mi mente y mi alma.

Sé que no tengo porvenir. Un día de estos, apareceré en la primera plana de algún periódico sensacionalista al morir por una sobredosis o porque alguien me asesine. No hay regreso.

Cuando veo a las niñas que van a la escuela con sus uniformes, sus caritas alegres, llenas de ilusiones, con sus amores, recuerdo mi pasado y lloro amargamente. Recuerdo el cariño de mi madre, mis hermanos y muchas cosas bonitas.

Lo más que me aflige es que si me hubieran ayudado, mi tía o en la escuela, ahora estaría casi próxima a graduarme de escuela superior y quizás estudiaría para maestra como soñé un día.

Tengo que interrumpir mi narración porque me llama un cliente. Es un viejo, parece borracho y es horrible. Quizás tenga hasta Sida y no se quiera proteger. Es estúpido lo que hago pero necesito los veinte dólares para mi próxima dosis que harán más rico al traficante. Desearía morir, pero no tengo el valor de administrarme una sobredosis. Seguirá este martirio por días meses y quizás años.

No me digan que me rehabilite porque no confío en nadie, además, ¿quién me ayudaría? Quizás tenga suerte y este viejo desgraciado que tanto me apremia para que vaya a ofrecerle mis servicios sea un degenerado y termine de una vez mi existencia inútil.

Nota: Este es un caso verídico. Se han cambiado nombres y ciertos detalles para proteger la identidad de los protagonistas. Fue publicado en el periódico Notisur en septiembre de 1998 y en el periódico La opinión del Sur en octubre de 1999. Causó sensación en el público, recibiendo los periódicos decenas de llamadas.

¿SE ACUERDA DE MÍ, MAESTRO?

¿Se acuerda de mí, maestro? No lo culpo, si no me reconoce. Ya no soy el cano, aquel muchachito del campo de Adjuntas. He perdido mi inocencia y ya mis brazos no tienen la suavidad y blancura de antes. Mírelos, maestro, ahora están llenos de callos y manchas negras. Ya no tengo la sonrisa de antes, y mi mirada, donde antes se reflejaba el cielo de mi querido pueblo es ahora opaca y se pierde en la distancia.

Mire la ruina que es mi vida. Por falta de consejos no fue pues siempre me acuerdo de como en sus clases nos hablaba de evitar los vicios; de mejorar nuestra estima y evitar la presión de grupo. Ve que me acuerdo, como no recordar sus clases tan interesantes y su interés en nosotros los estudiantes.

Pero mire, maestro, usted hizo bien su trabajo. Aunque obtuve A en su clase de Salud, recibí F de fracasado, en la vida. Las malas compañías, el deseo de disfrutar de los mal llamados placeres de la vida, el afán de ganar dinero fácil me han convertido en la piltrafa humana que soy. Aunque trata de mantenerse sereno, Mistel, se que está destruido por dentro. Conozco cuanto nos quería, como hijos postizos. No se aflija por favor. Tengo la recompensa que merezco.

Todo lo que nos explicó en la clase era cierto. Primero me regalaron la porquería esa. Luego que empecé a usarla, cada día necesitaba más y más. Ahora la droga es mi Dios, mi vida, mi familia y mi todo. Mi existencia gira en torno a ella. Por unos minutos de dicha ficticia, de escaparse mi espíritu momentáneamente de esta vida mortificante y sucia, tengo que realizar las cosas más terribles. Mire maestro, aquí donde me ve, he cometido las fechorías más grandes. He robado a ancianitos; arrancado las cadenas a señoras honorables; robado baterías y piezas de carros; he pedido dinero en las luces; cuido carros e incluso me he prostituido una que otra vez. Tengo suerte, pues aún no he matado a nadie aunque he estado un par de veces en la cárcel por robo.

Estoy arrepentido de todo esto pero no hay salida. No me diga que me rehabilite porque usted sabe bien que es difícil. Casi nadie lo logra y yo no tengo ni el ánimo ni el deseo de salir de esto. Aunque estoy hastiado de todo, no tengo el valor de finalizar la vida con una sobredosis porque aun me queda un poquito de decencia y respeto la vida que el creador me ha dado y que yo no supe cuidar. Maestro, siga aconsejando bien a sus estudiantes y póngales mi ejemplo. Háblele del canito de Adjuntas; que jugaba en el río con sus compañeros; el que siempre estaba alegre y que buscando aventuras y un placer ficticio se tiró a rodar jalda abajo. Sigo rodando y aún no llego al final del camino. No se cuando me estrellaré contra los peñones de la vida, pero se que falta poco.

Aunque sonríe, se que siente en su garganta el sabor salobre de las lágrimas que usted oculta pero que le bajan por dentro. Dios lo bendiga y no sienta lastima. Usted al igual que nuestros padres y maestros cumplen su tarea de conducirnos a los jóvenes por buen camino y nosotros les fallamos.

Solo le pido un favor maestro. Si algún día va por Adjuntas, pregúntele a la gente por mi viejita. Ellos le sabrán decir quien es. Cuando la vea, déle un abrazo y un beso de mi parte y dígale que el canito le pide perdón y la bendición. Que siempre la recuerdo y que cuando haya partido de esta vida tan viciosa y asquerosa, mi alma se llevará al menos la pureza de su recuerdo. No llore maestro. Estoy resignado. Adiós, que Dios lo bendiga y siga impartiendo el pan de la enseñanza que desagradecidos como yo despreciamos por cambiarlo por la porquería esta que llaman droga y que tantos jóvenes hemos caído en ella como insectos incautos en la red de una araña mortal.

Nota: Publicado en el periódico La Opinión del Sur en agosto del 2000.

LA OTRA DIMENSIÓN

Hace ya muchos años, tuve una experiencia la cual todavía no he podido descifrar. Caminaba por una de las calles de la zona histórica de mi ciudad natal cuando se topó mi mirada con la de una anciana decrépita que se entretenía con el tránsito de los transeúntes y de los automóviles. Vestía de riguroso luto, como las matronas de antaño y llamaba poderosamente la atención los cabellos blanquísimos tejidos en una larga trenza. Se mecía lentamente, en un viejo sillón de pajilla, mientras se abanicaba con un antiguo abanico de nácar.

Me llamó la atención la residencia. Era una casona del siglo pasado donde el tiempo había dejado su huella. Parecía que no se había pintado en decenas de años y llamaban poderosamente la atención las gárgolas con apariencia demoníaca que adornaban la residencia y que cuando llovía vomitaban torrentes de agua cristalina. En las grietas de las paredes, asomaban prehistóricos helechos.

Asomada a una ventana lateral, apareció una figura que contrastaba con la de la anciana. Una mujer joven, de menos de treinta años, ataviada con una bata alba, sonreía mientras me indicó con un gesto que me acercara. Me detuve, sonriéndole a la dama que dicho sea de paso era una de una belleza exótica. Los cabellos rubios eran una cascada que se deslizaba por los hombros hasta llegarle sobre las mullidas posaderas. En sus finos dedos, refulgían topacios, rubíes, esmeraldas, amatistas, diamantes, granates y zafiros de los dorados anillos.

La joven me invitó a subir a la casa indicándome por señas que lo hiciera por una puerta trasera en lugar de la del frente. La anciana proseguía entretenida en el sillón sin percatarse de lo que sucedía. Titubeé, pues la situación me pareció absurda, irreal, pero la sonrisa y belleza de la joven me enardeció. Olvidándome de cualquier peligro, atravesé el patio cubierto de ladrillos antiguos, donde otrora quizás había un hermoso jardín.

La joven me condujo hasta un antiguo despacho donde había un magnífico librero antiguo de caoba atiborrado de magníficos libros viejos encuadernados en cuero y que valdrían una pequeña fortuna para los bibliófilos. Alcance a leer en el dorso de uno de ellos el título *Dios en la naturaleza* de Camilo Flammarion. Me senté en una butaca junto a la joven y conversamos durante un rato. Me contó, que estaba de visita en casa de la señora, que era su abuela y que pronto regresaría a su hogar en los Estados Unidos. Se sentía aburrida ya que no tenía con quien salir. Con excepción de algunas personas mayores, su trato con otra gente era limitado. La razón por la cual se había atrevido a llamarme era para conversar con alguien de más o menos su edad ya que la soledad en esa vieja casona junto a la abuela anciana le estaban trastornando la existencia.

La compañía de la mujer me agradó y antes de que hubiera pasado una hora, nos introducimos en su cama, desnudándonos de todas las inhibiciones. Su aparente timidez engañaba pues se entregó de una manera tan espontánea, tan salvaje y tierna a la vez que me asustó la idea de que me hubiera topado con una vulgar prostituta en lugar de una mujer solitaria, deseosa de compartir con otro ser humano además del vejestorio de su abuela.

Con el mismo sigilo con que llegué me fui. Por el camino iba rumiando los más dispares planes. Seguiría visitando a la joven y si me convenía me casaba con ella. Me entristeció mucho la soledad de la joven y me perturbó ese encanto especial, como de mujer de otros tiempos. Aparentemente provenía de una familia bien conservadora en los Estados Unidos. No le pregunté si se había casado antes.

Al otro día pasé varias veces al frente de la casa pero permanecía cerrada. Pensé que quizás se había marchado de urgencia a los Estados Unidos o quizás estarían visitando familiares en otro pueblo.

Continué pasando por el lugar durante otros días. Me desesperaba el no haber vuelto a volver a la muchacha.¿Sería que la vieja se dio cuenta de todo y la envió a otro lugar? De haber pasado esto, entonces ¿dónde estaba la vieja? Mil pensamientos me pesaban por la mente. Recordaba esa ternura mezclada con salvaje pasión con que hicimos el amor. Nunca había experimentado una sensación así con ninguna de las mujeres que me había acostado anteriormente.

Luego de varios meses, el recuerdo de la muchacha se fue desvaneciendo y casi me parecía un sueño lo que sucedió. Una tarde, pasé por el lugar ya que iba a comprar un libro en la librería que quedaba cerca. Miré hacia la casa y denoté que una de las puertas del patio estaba abierta. Sentí curiosidad y luego de cerciorarme que nadie me veía entré al patio. Observé la puerta forzada y aunque deseaba entrar a inspeccionar la casa tenía temor de que me acusaran de ser un vulgar ladrón. La curiosidad fue más que la prudencia y entré.

La casa estaba oscura y lucía deshabitada. Se habían llevado los muebles. Entré a la habitación en la cual había yacido con la joven. La luz que entraba por la puerta era difusa ya que estaba oscureciendo. En un rincón de la habitación estaban apilados unos cuantos libros antiguos y regados por los pisos varios, cartas, documentos y fotos. De entre los libros, separé algunos interesantes para llevármelos entre ellos el de Flammarión. Al rebuscar entre los papeles, unas cucarachas gigantescas alzaron vuelo chocando una de ellas con mi cara lo cual me llenó de asco. Una foto me llamó la atención. Era la de la joven. Lucía tan bella como aquella tarde en que la poseí con pasión y ternura. La contemplé un largo rato. Aunque era la joven que conocí algo pasaba con la foto, era de un color amarillento marrón, parecida a esas fotos que se sacaban para la década de 1940 y se utilizaban como postales. Miré el reverso y estaba firmada por la joven. Decía lo siguiente, *Con mucho amor de tu hija María. Nueva York. 20 de febrero de 1942.* La postal había sido franqueada en Nueva York con sellos de esa época.

Tomé los libros, la foto, y salí corriendo de aquella casa.

Relato inédito

JUNTO A LAS RATAS, SUEÑO

Los primeros días de pernoctar en esta casona donde habitan sabandijas y las ánimas de sus habitantes antiguos, lo más que me inquietaban eran las ratas. Unas ratas flacas, viejas, de pelaje grisáceo y rabos pelados. Las sentía chillar en la profunda noche oscura y me brincaban por encima. Me sentía aterrado pero era mejor que estar en la intemperie, al escrutinio de los curiosos, al maltrato del sol y la inclemencia de la lluvia.

Nos hemos convertido en amigos. Comparto mi escaso alimento con ellas y al menos llenan esta soledad tan inmensa que se siente en las noches interminables. Nunca me han mordido, comportándose mejor conmigo que mis congéneres.

Después de haberle arrojado algo para que coman, apagó la vela, y me acurruco entre harapos. Mi cama es el suelo de lozas frías. A veces, siento el lloriqueo de las almas que en vida sufrieron como yo pero no les hago caso. Les hago un par de oraciones y a descansar para sumirme en el sueño vivificador que me infunde fortaleza para seguir luchando.

En ocasiones, si tengo algo de comer y de beber, no salgo en todo el día y me entretengo leyendo algunos libros viejos que los hay tirado por toda la casa. Ellos me ayudan a soñar. Viajo a lejanos países, conozco damitas elegantes, disfruto de comodidades y deliciosos manjares. Son mi sustituto al televisor, la radio y la conversación de que carezco. Me ayudan a disipar la soledad. De vez en cuando me busco un par de pesos vendiendo algunos de ellos en la esquina de la panadería donde también cuido carros o pido mi peseta. Con par de pesos se vive. Algo para una canequita, cigarrillos, una libra de pan, de queso, salchichón o una latita de sardinas en salsa. Para vestir, me remedio con las camisas y pantalones de la tienda del Ejército de Salvación a medio peso por pieza o regaladas. No hay que ser tan exigente. Por las tardes, gracias al Padre Francisco, me caliento el estómago con comida sabrosa y tengo la oportunidad de hablar con alguien.

Durante el día deambulo, ese es mi oficio, deambulante por gracia de la vida. No les cuento mi pasado pues no me lo creerían, además para que afligirlos con angustias pasadas. Mi vida actual no es fácil, se sufre mucho especialmente cuando uno se enferma.

He oído comentarios de que van a denunciar al que pida dinero. Tendrían que meternos presos a muchos de nosotros que vivimos de la caridad, pues no tenemos otras opciones. Es forma fácil de deshacerse de nosotros, sin ofrecernos otras alternativas. Nos empujan con esta medida al suicidio o al crimen ya que deambular y solicitar caridad es nuestro oficio, el único que podemos ejercer de acuerdo a nuestras posibilidades. El que nos quiera dar algo se lo agradecemos, al que no, lo dejamos tranquilo con su conciencia. Ya estoy viejo, enfermo, sin más familia que unas ratas que me acompañan por las noches en una casa vieja que un día de estos demuelen y estonces sí estaré en la calle. Dormiré entonces en las aceras sin ninguna privacidad, siendo molestado por los transeúntes, mojado por la lluvia y no tendré donde guardar mis escasas pertenencias. Mientras tanto, seguiré mi rutina diaria, deambulando de día y soñando de noche en mi palacio en ruinas. En lugar de lamentarme de lo que ha sido mi vida, simplemente trato de ganármela como cualquier otro mortal y vivirla plenamente, hasta que un día las ratas extrañen que este viejo no compartió con ellas su escaso alimento y que la vela se consumió hasta el final.

Publicado en La opinión del Sur el 19 de enero de 2000.

¡DIOS MÍO!, ¿QUÉ SERÁ DE MI VIDA?

Maestro, su artículo *Mi nombre es Angustia, mi apellido Infelicidad,* me llegó al corazón. Estuve llorando luego de leerlo pues me recuerda aspectos de mi vida.

Yo fui lo que se llama una chica afortunada. Mis padres eran un matrimonio unido, con buenos ingresos económicos. Todo lo tuve, cariño, tranquilidad, buena comida, ropa, comodidades y comprensión. Todo se perdió al enamorarme. Mi novio, un joven inmaduro y machista me pidió una prueba de amor y debido a que lo quería mucho le entregué un tesoro que él no supo apreciar.

Quedé embarazada debido a mi poca orientación sexual. Mis padres fueron comprensivos y me aceptaron la falta, con la condición de que dejara a mi novio. Lo preferí a él y dejé un día el hogar de mi dicha para entrar al Infierno. Ahora estoy en casa ajena con unos suegros que me aceptan por el compromiso. Vivo mal, visto mal y sufro lo indecible. Tengo 18 años y tengo una parejita de ángeles, más, parece que viene otro en camino.
Mi marido se pasa la mayoría del tiempo fuera de la casa con los amigos. Sospecho que anda en malos pasos. No trabaja, y me quita gran parte de lo que me dan de asistencia económica.

De vez en cuando me golpea, aunque quizás tiene razón en hacerlo pues lo celo mucho. Me dicen que está enamorado de una chamaca de la escuela intermedia y ya apenas comparte conmigo. Solo lo hace cuando la necesidad de compañera lo apremia y actúa mecánicamente dejándome triste y destrozada. Creo que no me ama.

Es astuto, los golpes me los da donde no se noten. La gente lo hace un santo varón. A mis padres no les digo nada ya que sufrirían mucho y temo que mi viejo querido vaya a dar a la cárcel por culpa de mi carcelero. Digo carcelero ya que estoy presa en una prisión sin rejas ni candados. Apenas puedo salir ya que los niños me ocupan tiempo y mi marido no sale conmigo. Tampoco quiere que salga, aún a ver a mis padres. Ellos me dicen que me vaya a vivir con ellos, que lo pasado ya pasó. Lo deseo pero no me atrevo. Mis padres me aceptan con los niños pero sin mi marido. Tendría que dejarlo y la última vez que discutí esto con él me costó una pela que por poco me mata. Por poco los suegros nos votan de la casa esa vez. La suegra lo justifica a él ya que dice que la culpa de todo es mía por haberme entregado.

Mi vida transcurre encerrada, cuidando a los niños. Tuve que dejar la escuela desde la intermedia cuando quedé embarazada. Mis antiguas amigas ya están haciendo planes para continuar en la universidad o casarse bien como Dios manda. Mi marido no ha querido casarse conmigo porque dice que el día que lo haga lo hará con una muchacha señorita. Es además de abusador, un cínico.

No tengo porvenir. No cometo una locura, porque dejaría mis hijitos solos en manos de esta bestia, que aún con sus abusos amo. Si al menos cambiara. Podríamos lograr los sueños del pasado. Un hogar, una familia feliz, el amor…

Que diferente hubiera sido todo si hubiera seguido los consejos de mis padres. Ahora estaría en planes de graduación y preparándome para ir a la universidad a estudiar una carrera. Estaría compartiendo con mis hermanos y mis padres, la dicha de un verdadero hogar.

Si él no me mata un día de estos, y logro la libertad, será bien difícil que un hombre me acepte con tres hijos ajenos. Mi vida futura es incierta y cada día me confundo más. A veces tengo mi mente tan cargada que creo voy a perder la razón.

Para colmo, mí marido no se protege y estoy segura que anda con otras mujeres y lo más probable es que un día se contagie con Sida y me lo transmita a mí. También creo que esta utilizando drogas, debido a su conducta actual, tan diferente a cuando nos hicimos novios.

Verdaderamente estoy atrapada, como mariposa enredada en una telaraña viscosa que a cada movimiento se inmoviliza más y más, hasta que un día la araña lance mis despojos al viento después de agotar mi savia.

Todo esto por ofrecer una muestra de amor. Mistel, dígales a sus estudiantes que nunca cometan la estupidez que yo hice. Mi compañero me correspondió a mi gesto de amor con una muestra de horror. Dígales a ellas que si sus compañeros las quieren que las respeten. Si es verdadero amor, el amor espera.

Publicado en el periódico La Opinión del Sur en enero del 2000.

LA VENGANZA

El pequeño pueblo del interior de la isla amaneció alborotado. La habitual calma y rutina se había trastornado por un acontecimiento que había dejado sumamente preocupados a sus pobladores.

Más de veinte victimas amanecieron esa mañana fría de invierno regadas por las calles. Las había de todas las edades y razas. La mayoría murieron envenenadas. Se notaba enseguida, al observar los ojos de vidrio aterrorizados, el hilillo de sangre y saliva brotando de las bocas y los vientres hinchados. Algunos todavía agonizaban y se trataba de salvarles la vida introduciéndoles aceite en la boca para que lo tragaran y neutralizaran los efectos del veneno.

Una madre con sus cuatro hijitos, fueron hallados muertos frente a la fonda de Atanasio. Otro mostraba los estertores de la muerte. Daba lastima observar como le temblaban las extremidades y sus ojos tristes pedían compasión.

La policía buscaba pistas que condujeran al arresto del psicópata o psicópatas que habían realizado tan macabra labor en tan solo una noche. Además de los envenenadas fueron halladas otras víctimas degolladas. La sangre roja oscura corría por las calles ya que para colmo había caído una lluvia ininterrumpida toda la noche. Además del degollamiento se torturó a otras destrozándole el cráneo o destripándolas.

De las ramas de un árbol de tamarindo, que según la leyenda era producto de la semilla traída desde América del Sur de otro árbol sembrado por Simón Bolívar, y que plantó en la plaza un prócer puertorriqueño, colgaba ahorcada otra victima. Oscilaba lentamente al ser impulsada por la brisa. Los ojillos brotados y la lengua azul asomada entre los dientes le brindaban un aspecto macabro. Se denotaba que había sufrido mucho y que tardó en morir.

Lo más curioso de todo era que el asesino también utilizó una gigantesca trampa de pega parecida a la utilizada para cazar ratones. Impregnó un pedazo grande de cartón con un pegamento especial y lo colocó en un lugar estratégico. La víctima caída en esta trampa aún vivía y se quejaba de forma angustiosa. La cabeza le quedó pegada de un lado y los miembros estaban inmovilizados. Trataron de despegarla halándola por una de las extremidades pero lo que se logró fue desprender la piel dejando el área en carne viva lo cual aumentó su sufrimiento.

Los hombres estaban sumamente indignados y juraban quemar vivos a los causantes de tan despiadada tropelía. Muchas mujeres lloraban y les tapaban los ojos a los niños pequeños para que no miraran. Algunos adolescentes que les dio gracia la situación y se rieron, por poco son linchados por una turba que por suerte logró controlar la policía no sin antes tener que utilizar los rotenes y gases lacrimógenos. Un mozalbete resultó con la cabeza rota y varias personas tuvieron que llevarlas al hospital afectadas por los gases.

Las victimas fueron recogidas y transportadas a un edificio donde llegó personal del Departamento de Justicia, la Policía y algunos miembros del FBI. Había que tratar de detener lo antes posible a los causantes de tantas desgracias antes de que volviera a repetirse otra masacre.

Algunos de los comentarios acusaban al chupacabras o a extraterrestres de haber cometido la acción. Otros creían que podía ser algún enajenado mental que aprovechando las sombras de la noche satisfizo sus ansias de asesinar y destruir. Lo más curioso del caso es que no dejó ningún tipo de evidencia que pudiera identificarlo.

El pueblo fue invadido por decenas de periodistas de diferentes medios de comunicación. Incluso arribaron periodistas de la cadena CNN, Univisión y del Programa Primer Impacto. Este pueblo, usualmente tranquilo se transfiguró. Curiosos de otros pueblos se dirigieron a las montañas para observar por ellos mismos la masacre de su clase, más grande efectuada en la Isla. Esto trajo graves problemas de congestión de tránsito y varios accidentes debido a la ansiedad de la gente. Se tuvo que movilizar personal de la Defensa Civil y de la Policía para poder controlar a tanto público. El bullicio era parecido al que causan las Justas Intercolegiales en Ponce el día sábado por la noche.

El alcalde del pueblo, inmediatamente convocó a una conferencia de prensa aprovechando la ocasión para ofrecer su discurso político y estabilizar su mandato que en las últimas semanas se había tambaleado por unas acusaciones de corrupción. Los comerciantes hicieron las ganancias del mes ofreciendo al público las más variadas mercancías. Un emprendedor artista, realizó de inmediato un diseño conmemorativo de la ocasión estampando el diseño en camisetas de todos tamaños que se vendieron como pan caliente.

La Isla completa estaba ansiosa de que llegara la transmisión de las noticias de las cinco de la tarde, aunque durante el día se había interrumpido la programación regular para mostrar las terribles imágenes de los cuerpos mutilados y la reacción de la gente al suceso. No se hablaba de otra cosa en todo el país. Esta noticia hizo que por un momento se dejara de hablar del dichoso status; la riña de Roselló y Mc Clinton por la presidencia del Senado; el reciente fallecimiento del Papa Juan Pablo II y de las loquitas profesionales que habían arrestado en los baños de Plaza Las Américas por manifestar sus preferencias sexuales en un lugar público.

Fue entrevistado el ojeroso superintendente de la policía quien aseguró al pueblo de Puerto Rico de que no se escatimarían esfuerzos por capturar a los asesinos. En la conferencia de prensa también estaban presentes los funcionarios de la Defensa Civil y algunos políticos que trataban de robar cámara.

En las homilías de la misa de las seis de la tarde, los sacerdotes relacionaron el suceso con la lectura del día. En algunas iglesias, viejas beatas se enjugaban las lágrimas mientras los hombres apretaban los puños en señal de indignación. Fueron tan contundentes las homilías que al momento de recoger la ofrenda, muchas personas cambiaron el billete de a peso que usualmente acostumbran dar por uno de a cinco.

Al caer la noche, las calles usualmente desiertas del pueblo, estaban transitadas por vehículos de la policía. Se trajeron policías armados con rifles y cubiertos con chalecos blindados. La plaza estaba completamente vacía. Incluso, las prostitutas tecatas se recogieron temprano aún siendo un día tres de mes. Esa noche, en lugar de estar buscándoselas por las calles aledañas a la plaza se encerraron a ver televisión. Algunas que tenían clientes fijos, esa noche efectuaron servicios a domicilio a precio especial con la condición de quedarse toda la noche pues temían salir por miedo al psicópata.

El frío era bestial, bajando la temperatura hasta los 45 grados. La neblina se escurría por las calles del pueblo dándole una apariencia fantasmal. Las bombillas navideñas languidecían en la noche triste. Hasta el bar de putas *El vendaval* donde iban a beber los bravucones cerró las puertas temprano por falta de clientes. De vez en cuando, se escuchaba el lamento de algún familiar de los fallecidos en la masacre, en los montes aledaños al pueblo.

Algunas confidencias llevaron a la solución del caso en pocos días. Cuando trataron de capturar al psicópata, la docena de agentes armados con rifles, este huyó siendo perseguido por las montañas cercanas al pueblo. Un helicóptero de FURA fue enviado inmediatamente al igual que docenas de agentes para ayudar en la búsqueda del peligroso asesino. Al cabo de dos horas de ardua búsqueda fue cercado por la policía. Cuando llegó la prensa, encontraron a un hombre bien vestido, de apariencia paternal, con el pecho acribillado a balazos, desalmado y con una foto apretada a su pecho, la cual mostraba a la niñita de cuatro años, fallecida hacia varias semanas la cual murió como resultado de las heridas que le produjeron media docena de perros salvajes, residentes en los montes cercanos al pueblo.

Inédito

CABALLERO, UNA AYUDITA POR FAVOR

Caballero, una ayudita por favor. Perdóneme maestro, no lo reconocí. Déme un abrazo, hace tanto tiempo que no lo veía. No le pregunto como esta, pues luce muy bien. Los años no pasan por usted, se conserva igual que cuando nos conocimos. Eso si, un poco más gordito, pero se ve bien.

En cambio, míreme a mí. Soy una sombra de lo que fui. Recientemente me despidieron del magisterio y estoy deambulando. Lo que es la vida. ¿Se acuerda de mis años de atleta en Ponce High, donde era uno de los mejores? Gracias a los deportes me gané la beca en la Universidad Católica donde con esfuerzos terminé mi bachillerato como maestro de Educación Física, mi gran sueño. En las Justas fui de los mejores ganando muchas medallas. Me casé y formé una linda familia. Todo marchaba bien. Me dedicaba a mi trabajo en la escuela con los estudiantes preparándolos para que fueran grandes atletas. Mi filosofía era la de mente sana en cuerpo sano.

Pero, la vida da vueltas. Mi madre murió y perdí a un hermano que lo mataron en los Estados Unidos. Los quería mucho a ambos y para buscar el olvido a su perdida recurrí a la bebida. Algo estúpido que me ha costado todo. Como el alcohol no llenaba mis expectativas acudí a la famosa yerba que según muchos es inofensiva. De esta, pasé a la heroína, a la cocaína, al crack en fin a cuanta basura pueda imaginarse. Vine a darme cuenta muy tarde de que estaba atrapado en las redes del vicio. Me dormí como camarón en el río y la corriente me trajo hasta el mar alejándome cada día más hacia la profundo desde donde difícilmente se regresa.

En las pruebas de dopaje salí positivo, aunque no era necesario pues la pinta de tecato la tengo a simple vista. Me ofrecieron rehabilitarme para que pudiera seguir trabajando y ser un ciudadano útil. Lo intenté pero no pude. De este modo perdí el trabajo. Luego, mi familia me abandonó pues no es fácil convivir con un adicto crónico. Con gran pesar, mi esposa y mis hijos se fueron lejos de mi presencia. Los hice sufrir mucho y hasta llegué a agredirlos física y mentalmente.

Después del divorcio, tuve que vender la casa para darle su parte a mi esposa y lo que me sobró para mí, en pocos días fue a parar a los bolsillos de los traficantes. El resultado es que me quedé sin trabajo, familia y hogar. Vivo por ahí, ya que no quiero perturbar a mis hermanos u otros familiares. Aunque mi situación es precaria, hasta ahora no he robado, pues sigo los valores que me enseñaron en mi hogar. Es fuerte la tentación de cometer fechorías cuando nos hace falta la droga, pero persisto. Le pido dinero a la gente y con lo que recaudo en las luces, como mal y me inyecto algo. Imagínese la vergüenza que siento, especialmente cuando me encuentro a personas que me conocieron como un hombre de provecho. A veces hay gente que se apiada de mi y me ofrece alguna chiripa. Con los chavitos que me gano los invierto en el polvo amargo que surca mis venas y me idiotiza.

En Brasil y otros países existen los niños de la calle, criaturas pobres que se buscan el pan día a día.

En Puerto Rico existimos los hombres de las luces, miserias humanas que nos vamos consumiendo minuto a minuto por el veneno horroroso de las sustancias controladas. El dolor más grande de mi alma fue hace poco, cuando al pedirle algo a una conductora noté que era mi hija. ¡Dios mío!, nunca olvidare su sorpresa y el dolor que reflejaron sus ojos que se anegaron de lágrimas.

Maestro, usted que es profesor de Salud, siga su obra en nuestros adolescentes. No se doblegue. Si esto me ha pasado a mí, un hombre maduro de provecho, imagínese a esas criaturas tan confundidas con los medios de comunicación, con las campañas hedonistas de ciertos grupos, y la presión de estos bandidos, los traficantes de drogas que se enriquecen a costa de nosotros, puras escorias humanas.

Nos vemos maestro, perdón por mi imprudencia y gracias por su ayuda. Se la acepto porque mejor pido en lugar de robar. Por lo menos soy uno de los pocos que aún se financia el vicio con decencia, aunque no se hasta cuando ocurrirá. El vicio es más fuerte que nuestra moral y costumbres. Hoy le hablo de esta manera, mañana no se si caeré preso o me encontrarán muerto debajo del puente donde vivo.

Vaya con Dios, y perdone que le haga dañado el día, conociéndolo por años se que está sufriendo por lo que le cuento. No se preocupe. Tómeme como ejemplo y escriba uno de esos cuentos que publica en la prensa para crearle conciencia a la gente, especialmente a los jóvenes. Recuerde al maestro de educación física, al atleta, al padre, que un día fue un ciudadano ejemplar y que por falta de entereza y no ponerse fuerte ante la adversidad hoy es un guiñapo humano, un hombre triste que pide ayuda en las luces para sostener su vicio y no tener que robar. Dígale a la gente que nadie, no importa su formación, religión y condición social está exento de caer en el abismo.

Nota: Inédito, escrito el 3 de septiembre de 2003. Este es un hecho real adaptado por el autor. Este maestro, muy conocido, se ha convertido en deambulante debido a su problema de adicción a drogas.

Nota: Seis años después de escribir este cuento, la historia tiene un final feliz, en lugar de encontrarse al protagonista muerto debajo de un puente, este se ha rehabilitado gracias a la ayuda de un grupo religioso. Su físico ha cambiado, del guiñapo de hombre que era, se muestra fornido como en los tiempos que era maestro de educación física, logró que le aprobaran la pensión de retiro y nuevamente es un hombre de provecho.

DILEMA MORAL

La desgracia cayó como un rayo en el hogar. Después de tantos años de luchas, de desvelos por criar a una familia dentro de los márgenes de las buenas costumbres, la religiosidad y los valores se esfumaron. Los padres nunca pensaron que atravesarían la penosa situación por la que estaban pasando. Parecía un sueño, pero no despertaban de él ya que cada día la situación se hacía más evidente.

La esposa le confirmó las sospechas que Ángel tenía pero que no quería aceptar. Confrontaron a la hija mayor y con gran pesar aceptó decirles de que estaba embarazada. Como aún no se notaba el embarazo le sugirieron a esta que se sometiera a un aborto aunque ellos por sus creencias morales y religiosas no apoyaban esta práctica. La desesperación por el futuro de la hija, por el escándalo, podía más que los valores o creencias religiosas. La hija se resistió pues quería tener al bebé más los valores transmitidos por sus padres a ella no le permitían tomar esta drástica decisión. Los padres insistieron en que al menos asistiera a una clínica de abortos para que le informaran del proceso convencidos de que esta cambiaría de opinión resolviéndose el problema. Pese a las protestas de su hija, Ángel la llevó a la clínica.

Un ambiente de misterio rodeaba el lugar donde estaba localizada la clínica. Una señora mayor con mucho recelo les indicó que ese era el lugar que buscaban. Los invitó a pasar y les indicó que el médico llegaría pronto. En la oficina, estaban dos muchachas esperando que llegara el otrora honorable médico. Ángel estaba ansioso. Se denotaba en el ambiente una tensión terrible, una espera angustiosa. Rehuía la mirada de su hija que le cuestionaba sin palabras como él, tan moral, religioso y defensor de las causas justas la llevaba a ella ese lugar como cordero condenado al sacrificio. Se sentía abochornado por estar en ese lugar y por haber sucumbido a las presiones sociales que obligaban a la familia a tomar una decisión la cual honestamente no deseaban pero que en su desesperación creían era la más acertada.

Al fin llegó el médico y la enfermera. A este no lo pudo ver ya que entró por otra entrada, pero si a la enfermera. Esta era una mujer sumamente desagradable. Brusca en el hablar, poco delicada. Si de este modo se comportaba en la presencia de las personas, ¿cómo tratarían a las mujeres en el proceso del aborto?

La enfermera llamó a una muchacha que estaba en el turno anterior a la hija de Ángel. Dentro de pocos minutos se desprendería una vida del vientre materno y entrarían a la cuenta bancaria del médico unos cuantos cientos de dólares más. Ángel la compadeció y creyó ver en los ojos de la muchacha una mirada de tristeza.

Cuando la enfermera llamó a su hija, Ángel fue tras ella, siendo detenido por la primera quien le indicó que no podía entrar. A los pocos minutos, su hija salió indicando que no se haría el aborto. Aunque sabía que el problema se complicaría, Ángel se sintió orgulloso de su hija y la felicito por tomar la determinación que él como padre, con más madurez y con grandes valores no se había atrevido a tomar. Se sentía aliviado, como si un gran peso se hubiera desprendido de su ser. Le daría todo su apoyo sin importarle las críticas, las miradas curiosas, los comentarios despectivos... Su hija le había dado una lección magistral demostrando que los padres pueden aprender de sus hijos ya que él pretendía inducirla a un error mayor del que había cometido.

Una gran tristeza sintió Ángel, pensó en la muchacha que en esos momentos era sometida al aborto, sola, sin la compañía de un familiar, entregada en las manos de dos carniceros. Mientras se dirigían al hogar, por primera vez desde que había surgido la situación, Ángel conversó con su hija sobre sus planes futuros y del padre del bebé. Su amargura se tornó en regocijo. Dentro de nueve meses sería abuelo.

Nota: Inédito, escrito el 3 de septiembre de 2003.

BIBLIOGRAFÍA

Periódico La Perla del Sur (Semanario de Ponce)

Naufragio (Cuento). La Perla del Sur , 14 - 26 julio de 1983, p. 14, 20.

La frustración de Luisito (Cuento). La Perla del Sur , 13 – 19 diciembre de 1989, p. 18.

Periódico Notisur (Semanario de Ponce)

Mi nombre es Angustia, mi apellido Infelicidad. Notisur , 3 – 9 septiembre de 1998, p. 4.

Periódico La Opinión del Sur (Semanario de Ponce)

Mi nombre es Angustia, mi apellido Infelicidad. La opinión del Sur, 20 octubre de 1999, p. 14.

La frustración de Luisito. La Opinión del Sur , 29 de diciembre de 1999, p. 10.

¡Dios mío! ¿Qué será de mi vida?. La Opinión del Sur , 12 enero del 2000, p. 6.

Junto a las ratas sueño. La Opinión del Sur, 19 enero del 2000, p. 12.

¿Se acuerda de mí, maestro? La Opinión del Sur , 17 agosto del 2000, p. 7.

DATOS BIOGRÁFICOS DE LUIS ANTONIO RODRÍGUEZ VÁZQUEZ

Nació el 20 de febrero del año 1953 en la ciudad de Ponce, siendo sus progenitores Elsie Vázquez Medina y Luis A. Rodríguez Ortiz.

En el año 1973, Luis Antonio obtuvo un grado asociado en Terapia Física en el Colegio Regional de la Universidad de Puerto Rico en Ponce. Al no obtener empleo como fisioterapista trabajó un tiempo como vendedor en un negocio de piezas de automóviles. Luego, comenzó a trabajar en la fábrica de calzado Jumping Jacks Shoes donde realizó labores en diferentes procesos de manufactura. Después trabajó en la oficina de producción como encargado de nuestras y equipo y otras funciones. Además adquirió gran experiencia en el trabajo de imprenta y trabajo general de oficina. Se le ofreció un entrenamiento en toda la fábrica donde aprendió a realizar todas las operaciones en los diferentes departamentos, inspeccionar, control de calidad y supervisar. Fue nombrado gerente de la oficina de producción donde laboró hasta que la fábrica cesó operaciones. Luego del cierre, estuvo a cargo por un año del recogido de equipo y embarque del mismo.

Luego de casarse en el 1977 con la señora Lydia E. Berdiel, natural de Adjuntas, comenzó estudios nocturnos en la Universidad

Interamericana. Tras 15 años de labor en Jumping Jacks Shoes, al quedó cesante del trabajo al cerrar operaciones en Puerto Rico la fábrica, aprovechó el año que recibió beneficios por desempleo para terminar de estudiar. Por un año, viajó diariamente a San Germán logrando su cometido al obtener el grado de Bachillerato en Artes con concentración en educación superior e Historia, Magna Cum Laude.

Al finalizar los estudios, comenzó a trabajar con la compañía Hanes Menswear en la Narrow Fabrics de Ponce. Laboró en los departamentos de "Rubber cover" y "Weaving". Luego, fue adiestrado en todas las operaciones de la fábrica capacitándose para trabajar como instructor y asistente de gerente de planta. Recibió varios reconocimientos por asistencia perfecta y como "Acting Shift Manager"

En agosto de 1993 renunció a la compañía Hanes para trabajar como maestro de Historia en el escuela Rafael Aparicio Jiménez de Adjuntas. Como la plaza era transitoria, al comenzar el próximo año escolar no consiguió empleó en el Departamento de Educación. Laboró unas semanas en el Colegio Ergos como maestro de español. Luego obtuvo una plaza en la Academia Cristo Rey enseñando historia en los grados séptimo, décimo y decimosegundo. En esta academia trabajó durante un semestre ya que en enero de 1994 consiguió una plaza de maestro de historia en la escuela Segunda Unidad Héctor I. Rivera en el barrio Yahüecas de Adjuntas.

Durante el verano y parte del primer semestre del año 1995- 96 trabajó en la Academia Alexandra en Ponce, institución especializada en niños especiales, enseñando diversas materias en los niveles elemental e intermedio. Nuevamente fue contratado por el Departamento de Educación para trabajar en la escuela Segunda Unidad Héctor I. Rivera, enseñando esta vez el curso de Salud.

Fue aceptado en una propuesta de estudios del Departamento de Educación para cursar estudios de maestro de Salud en el Colegio Universitario del Este, Colegio Regional de Yauco. En un año logró obtener los 33 créditos necesarios para obtener la licencia como maestro de Salud.

Obtuvo en la escuela Héctor I. Rivera una plaza permanente en Salud escolar. Al ofrecérsele trabajar en la escuela Superior Juan Serrallés de Ponce, renunció a su puesto en Adjuntas, trabajando hasta el presente (2009) en dicha escuela como maestro de Salud. En la Escuela Nocturna ha trabajado como maestro de historia y sociología. También laboró con ASSMCA en el Residencial de Varones de Ponce enseñando historia, español y otras materias a los jóvenes internos para prepararlos para tomar el examen de equivalencia de escuela superior.

Fue seleccionado por el Departamento de Educación junto a otros maestros de escuela superior para capacitarse como Educador Sexual en la Asociación Puertorriqueña de Educadores, Consejeros y Terapistas Sexuales (ASPECTS).

En el año 2005, obtuvo su Maestría en Currículo y Educación en Historia en la Pontificia Universidad Católica de Puerto Rico. Tuvo la satisfacción de graduarse junto a su hija Arys quien obtuvo el grado de Maestría en Ciencias Sociales con especialización en criminología.

Una de las facetas donde más se ha distinguido Luis Antonio es en la de escritor. Su primer artículo lo publicó en el periódico El Mundo en el año 1980. Luego, se le encomendó la columna Dinero y Numismática del periódico El Mundo, la cual escribió semanalmente por espacio de siete años. Su producción periodística es abundante, habiendo publicado en 20 años la cantidad de 542 artículos en los periódicos: El Mundo, El Nuevo Día (revistas Domingo y En Grande), El Reportero, El Vocero, La Perla del Sur, La Opinión del Sur, Claridad, Todo Gráfico, Notisur y El Visitante. Se desempeñó como redactor y periodista del periódico Notisur por espacio de un año, cubriendo actividades culturales y sociales, además de escribir sobre diversos temas.

En el año 2003, publicó el Catálogo general de las monedas de Puerto Rico, el cual es un compendio de todas las variedades de monedas, contramarcas y billetes que circularon en la Isla. La edición de 500 ejemplares se agotó, habiéndose vendido en más de 20 países. En el 2003, publicó las ediciones limitadas de 100 ejemplares de los folletos 500 años de historia monetaria de Puerto Rico (tercera edición) y La crisis del papel moneda en Puerto Rico. Al agotarse la edición de 500 años de historia monetaria de Puerto Rico en seis meses, volvió a prepararse otra edición (cuarta) en la cual se aumentó el tamaño de las letras y el número de páginas, además de añadir fotografías y utilizar cubierta de cartulina de hilo. Esta se publicó con la fecha de 2005. Ese mismo año se publicó la Guía de los riles de haciendas y fichas de comerciantes de Puerto Rico. Al siguiente año (2006), publicó Introducción a la exonumia de Puerto Rico, la segunda edición del Catálogo general de las monedas de Puerto Rico, la quinta edición de 500 años de historia monetaria de Puerto Rico y Catálogo del papel moneda de Puerto Rico (dos ediciones).

Otros folletos publicados por el autor son: Revista Numismática (1974-1975) (Números 1 y 2); Guía numismática de Puerto Rico (1982-1984) (dos ediciones); El taíno de Borikén, (1975); 500 años de historia monetaria de Puerto Rico (ediciones 1 y 2); Culturas indígenas de Puerto Rico (1979) y Dos cuentos premiados de Luis Antonio Rodríguez (1999).

Se dedica a coleccionar libros lo cual ha resultado en una biblioteca de más de 2,000, siendo algunos de ellos raros, otros son primeras ediciones y más de un centenar autografiados. Por sus manos han pasado centenares de monedas y otros objetos utilizados como dinero, ya que por más de 40 años ha coleccionado diferentes tipos de monedas. Debido a su preparación como educador sexual tiene una colección de objetos eróticos y relacionados con la sexualidad de diferentes culturas y periodos históricos. Además colecciona autógrafos de personalidades tanto locales como del exterior, sobrepasando su colección los 300 ejemplares. Otra de sus colecciones favoritas es la de reliquias del hombre prehistórico, habiendo adquirido ejemplares de miles de años hallados en África y Europa. También colecciona piezas precolombinas y amuletos de jade de China.

En el año 2,000 debido a a sus ejecutorias personales y profesionales fue seleccionado junto a un grupo de caballeros ponceños como Hombre distinguido de Ponce por Personalidades Distinguidas Inc. y la Fundación para Niños Especiales de Puerto Rico.

Luis Antonio procreó en su matrimonio con Lydia Esther dos hijas de nombre Arys Hilda y Betsy Isis, quienes les han brindado respectivamente cuatro nietos(as). Por parte del matrimonio de Betsy y Ferdinand tiene una nieta de nombre Génesis Lee y un nieto llamado Ferdinand Luis de seis y cuatro años respectivamente. Del matrimonio de Arys y Herbert tiene un nieto llamado Herbert Jeremy y una nieta de nombre Amadis Zareth de cinco años y ocho meses respectivamente.

Estos le han añadido una nueva dimensión a su vida.

Luis Antonio Rodríguez Vázquez a bordo del barco crucero *Adventures of the Sea* en su segundo viaje a las Antillas Menores en julio del año 2008.

APÉNDICE

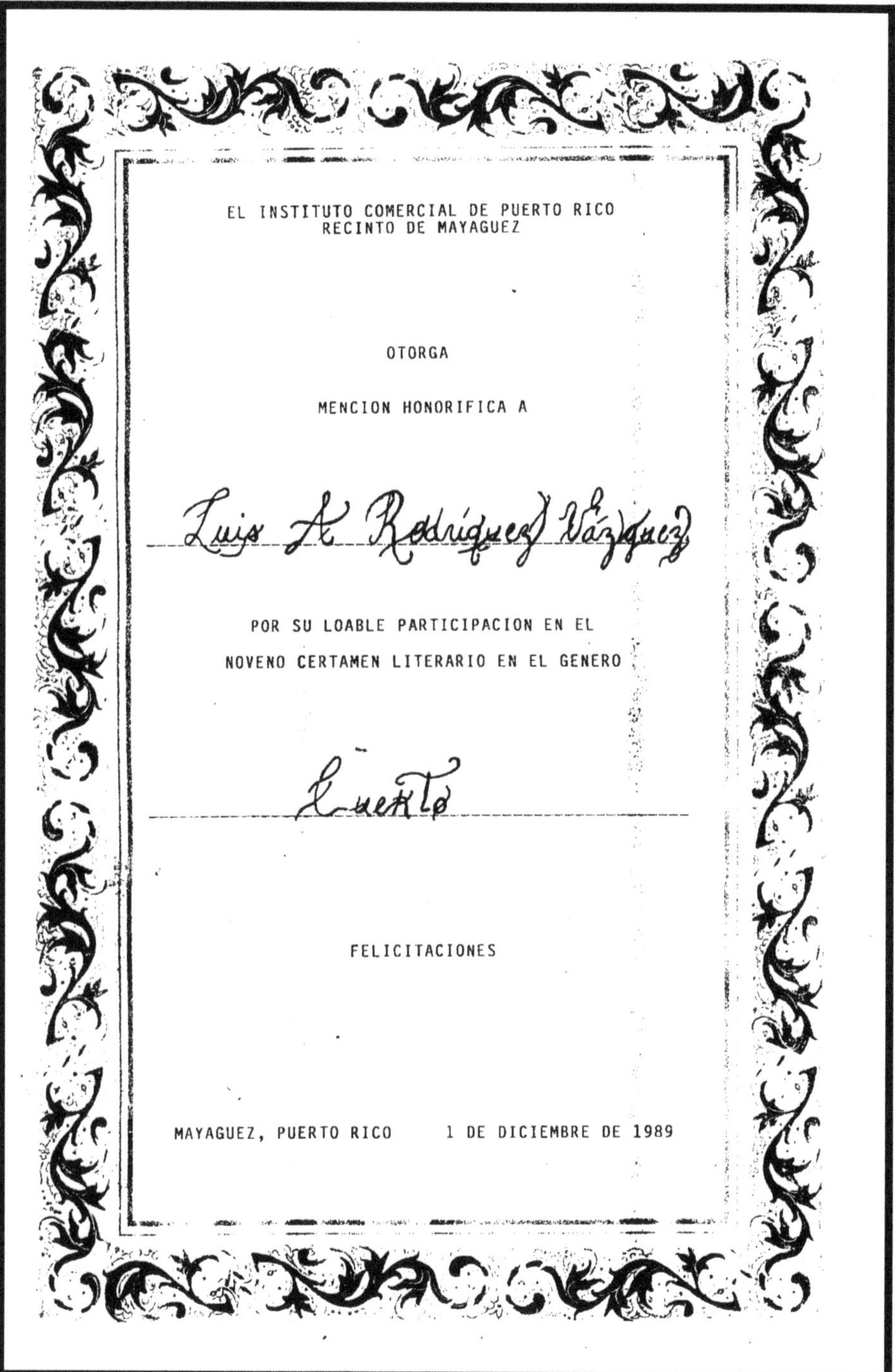

EL INSTITUTO COMERCIAL DE PUERTO RICO
RECINTO DE MAYAGUEZ

OTORGA

MENCION HONORIFICA A

Luis A. Rodríguez Vázquez

POR SU LOABLE PARTICIPACION EN EL

NOVENO CERTAMEN LITERARIO EN EL GENERO

Cuento

FELICITACIONES

MAYAGUEZ, PUERTO RICO 1 DE DICIEMBRE DE 1989

Certamen Literario

I.C.P.R. Junior College

CONCEDE UN

MENCION HONORIFICA

EN EL NIVEL

OTROS

A

Luisantonio Rodríguez Vázquez

POR SU DESTACADA PARTICIPACION EN EL GENERO

CUENTO

TITULO: "TRANSFIGURACION DE VIRGEN A PERRA"

2 DE DICIEMBRE DE 1994 , MAYAGUEZ, PUERTO RICO

Luisantonio Rodríguez

Nos Sentimos Orgullosos de Tí

4 de noviembre de 1999

Tus artículos son un trabajo exquisito que aporta en conocimientos, recrea los sentidos y aviva el interés. Nuestros lectores aprecian tu narrativa, gustan de la claridad y transparencia de su contenido y prefieren el estilo directo que sueles emplear con majistral destreza.

Tomo la honra de ser portavoz de todos tus compañeros del semanario, y expresarte nuestro respeto y admiración. Nos sentimos muy privilegiados de contar con un escritor de tu talla y talento, quien ha logrado cautivar el corazón de nuestros amigos.

Deseo además comunicarte que el artículo titulado "Mi nombre es angustia, mi apellido es infelicidad" ha generado una extraordinaria respuesta del público. Hemos recibido decenas de llamadas a nuestra redacción y los comentarios de la gente son muy emotivos. Has tocado la fibra y sensibilidad de muchos lectores, quienes en su mayoría confiezan haber concluido la lectura a merced del llanto.

Gracias Luisantonio, te apreciamos mucho;

Julio C. Collazo
Director

www.ingramcontent.com/pod-product-compliance
Ingram Content Group UK Ltd.
Pitfield, Milton Keynes, MK11 3LW, UK
UKHW041925190726
13854UKWH00003B/1456